100차선
희망

100차선 희망

발행일   2017년 6월 23일

지은이   심 정 인
펴낸이   손 형 국
펴낸곳   (주)북랩
편집인   선일영   편집   이종무, 권혁신, 송재병, 최예은, 이소현, 김한결
디자인   이현수, 이정아, 김민하, 한수희   제작   박기성, 황동현, 구성우
마케팅   김회란, 박진관
출판등록   2004. 12. 1(제2012-000051호)
주소   서울시 금천구 가산디지털 1로 168, 우림라이온스밸리 B동 B113, 114호
홈페이지   www.book.co.kr
전화번호   (02)2026-5777   팩스   (02)2026-5747

ISBN   979-11-5987-635-6 03810(종이책)   979-11-5987-636-3 05810(전자책)

이 도서의 국립중앙도서관 출판예정도서목록(CIP)은 서지정보유통지원시스템 홈페이지(http://seoji.
nl.go.kr)와 국가자료공동목록시스템(http://www.nl.go.kr/kolisnet)에서 이용하실 수 있습니다.
(CIP제어번호: CIP2017014336)

심정인
에세이

딸 그리고 엄마, 아빠의 이야기

100차선
희망

가다가 잠시 길이 없어지거나 끊어진다 하여도

목적지가 여전히 있는 인생길,

그런 인생길을 만들고 싶다.

북랩 book Lab

모든 것이 부족하지만 저는 부모가 열심히 살아가는 이유 중에는 '자녀의 행복을 위하여'라는 것이 우선되는 것이 옳다고 믿고 있습니다.

그리고 자녀들이 그들의 인생에서 만나는 많은 일들 앞에서 빛과 어둠의 양면을 모두 볼 수 있는 지혜가 있기를 바라 왔습니다. 저는 그런 지혜가 인생의 꿈과 희망을 만드는 그루터기가 된다고 생각합니다.

한편으로 부모가 지나온 인생길은 자녀가 지나갈 인생길이라고 여겼습니다. 그래서 어렴풋한 기억과 작은 글을 모아서 한 부모가 지나온 인생길을 진솔하게 이야기하고 싶었습니다.

그 이야기를 통하여 세상의 자녀들이 목적지가 있는 인생길, 스스로 길을 만들어 가는 인생길, 또 자신의 다음 세대에 전해줄 가치 있는 그리고 스토리 있는 인생길을 만들어 가기를 바랍니다.

지난 동안 한국을 떠나 미국에 살면서 가족경제의 버팀목이 되었고 저의 글 쓰는 일을 말없이 응원해 준 아내에게 특별한 고마움을 전합니다. 또한 많은 그리고 가치 있는 이야기 소재들을 만들어 준 저의 큰딸, 작은딸에게도 감사를 전합니다.

그리고 모든 청소년기 자녀와 그 자녀를 둔 가정을 응원합니다.

2017. 6. 미국 댈러스 서재에서,

심정인

6

1. 희망을 길어 올리려

아빠를 따라가야 하는
어린 딸들

30대 후반에 시작한 늦깎이 박사과정 미국유학이 마흔 살을 넘기고서야 끝났다. 박사과정 졸업논문심사를 마치고 도망치듯이 짐을 꾸려 한국으로 귀국하였다. 한국에서 다시 직장생활을 이어서 해야 했기 때문이었다. 그 당시 나는 아내와 두 딸이 겪을 한국생활에의 적응과 같은 것은 그리 심각하게 생각하지 않았다. 왜냐하면 고국으로 다시 가는 것이니까.

까다로웠던 논문심사 덕분에 논문수정을 하느라 며칠 밤을 꼬박 새웠다. 그 무렵 장모님이 오셔서 우리 가족의 귀국준비를 도와주고 계셨다.

귀국길에 하와이를 경유하면서, 가족들과 짧은 여행을 하기로 하고 비행기 표까지 예매하였다. 하지만 귀국 전 가족여행은 못 하였고, 예매했던 비행기 표는 반값에 후배 유학생에게 팔아야 했다. 그 까다로웠던 졸업논문심사의 후유증 때문에.

그 당시 큰딸은 13살로 사춘기가 절정을 달리고 있었고 작은딸은 9살로 뭘 잘 모르는 때였다. 큰딸은 모자를 창이 뒤로 가게 쓰려 하고, 길이가 긴 외투를 지겨울 만치 즐겨(?) 입었다. 나중에 알았지만, 큰딸은 우리 가족의 귀국을 많이 겁내고 있었다고 한다.

큰딸은 중학교에서 공부를 잘한 편이고 교내 오케스트라 반에서 세1 바이온니 1스트를 히기도 했나. 스스로는 만족한 중학교 시절이었는데 아빠의 유학종료가 큰 충격이 되었다고 한다.

그 당시 나는 이러한 큰딸이 가졌던 귀국으로 인한 걱정과 두려움에 대하여 전혀 알지 못했다. 그저 마음으로는 부모가 열심히 살면 딸들은 알아서 잘 자라 주리라 믿고 있었다. 어쩌면 내가 현실적으로 감당애야 하는 일들 때문에 애써 외면했는지도 모른다.

그렇게 나의 미국유학은 최종적으로 마무리되었다. 아빠를 따라가야 하는 어린 딸들의 마음은 중요치 않고 괜스런 금의환향 같은 마음을 한가득 가졌다.

아내는 다시 못 올 미국이라 생각을 하고 미국 물품 쇼핑을 바리바리 해서 한살림을 챙겼다. 부끄러운 일이지만 한국에 귀국해서 보니 철 지나고 촌스러워 보이는 살림들이 한두 개가 아니었다. 빠르게 변한 한국의 유행을 못 읽고 4년 전 한국을 떠날 때 그 모습으로 살림쇼핑을 한 것이었다.

나와 아내의 한국생활적응도 어려웠지만, 딸들은 더 어려웠을 것을 이제야 느낀다.

나는 아무런 생각없이 전형적인 한국 학생의 스케줄을 딸들에게 곧바로 적용하였다. 방과 후 탁구, 수영, 논술학원, 특별국어학원, 수학학원, 영어학원 등….

딸들에게 어떤 성과가 있는지 확인도, 확신도 없으면서 그저 나의 직장 일에 최선을 다한 것 같다. 그러는 사이에 큰딸은 사춘기 끝자락에서 한국생활적응이라는 기나긴 동굴을 지나기 시작했다.

학교
영어숙제

....

십수 년의 세월이 흐른 최근에 작은딸에게서 들었던 언니의 한구
생활에 관한 이야기이다.

중학교 3학년에 다니던 언니가 어느 날, 방과 후 집에 가방 한가
득 무언가를 가지고 왔다고 한다. 방으로 들어간 언니는 문을 쾅
닫고는 한동안 나오질 않았다.

작은딸은 언니의 행동이 궁금하여 시간이 얼마 지난 후에 언니
의 방으로 가보았다. 작은딸이 본 것은 언니가 열심히 영어숙제를
하고 있는 모습이었다.

그런데 언니는 이상하게도 영어숙제를 즐거워하지 않았고 잔뜩
화난 표정을 지었다. 자세히 보니 언니가 적고 있던 노트는 언니의
것이 아니었다.

가방을 꽉 채웠던 여러 사람의 노트들이 방 한가운데 널려 있었던 것이었다. 작은딸이 보아도 언니가 반 친구들의 숙제를 대신하는 것이 분명했다.

알고 보니 반 친구들이 미국에서 갓 전학 온 큰딸에게 자신들의 영어숙제를 몽땅 맡긴 것이었다. 큰딸은 이를 거절하지 못하고 친구들의 노트를 받아와서 끙끙거리며 숙제를 하고 있었다고 한다.

그러면서도 엄마, 아빠에게 불평하지 않고 혼자 마음으로 삭이며 학교생활을 계속했다고 한다. 아빠인 나는 최근까지 이런 사건을 알지 못했다. 큰딸에게 감사한다.

사춘기 시절이라 감정이 많이 예민했을 시절에 때아닌 시련이 있었구나 생각하니 미안도 하다. 그 당시 나는 연구소 업무에 눈코 뜰 새가 없었고 아내는 아파트 장만을 위해 분주하게 움직였다.

미국에서와 같이 큰딸이 한국에서도 잘 지내겠거니 하는 마음이 나와 아내 모두에게 있었다. 미국과 한국의 교육시스템과 학업문화가 얼마나 차이가 날 수 있는지 고려하지도 않으면서….

미국 중류 가정의 학생들에게서 대신하는 숙제, 과제물이란 거의 없다고 할 수 있다. 학생숙제를 다른 사람이 대신해주는 것은 굉장히 부도덕할 뿐 아니라 그에 따른 처벌이 매우 크다.

학교 당국과 교원들은 학생들이 대신해 온 숙제를 걸러내는 노력이 일상화되어 있다. 특히 대학에서는 베낀 학업·연구자료를 골라내는 전용프로그램을 운용하고 있기도 하다.

한국에서는 지나친 교육열인지는 몰라도 학과점수를 올리기 위한 편법들에 매우 관대한 것 같다. 대학교수인 나도 이러한 편법들이 대학생들 사이에서도 자연스레 존재하는 것을 스스로 느낀다. 그러한 편법들의 영향을 받지 않고 바르게 학업평가를 하기 위해 노력했던 기억들이 많다.

나의 큰딸은 갓 전학한 한국의 중학교에서 이러한 편법들로부터 자연스럽게 희생을 당하기 시작했다. 그러한 희생의 뒷면에서 마음의 문을 닫기 시작했고, 미국에서의 학교생활에 더 큰 그리움을 가진 셈이다. 큰딸의 학교영어숙제는 사춘기 시절 자신의 마음 문을 닫게 한 계기가 되었을 것이다.

영어 선생님의
석사학위 논문

큰딸이 한국의 중학교로 전학 온 지 1년 정도가 지났다. 큰딸이 미국에서 지내다가 전학 온 학생이라는 것이 자연스레 학교에서 알려졌을 무렵이었다.

어느 날 큰딸이 집으로 무언가 두꺼운 자료를 가지고 온 것을 알게 되었다. 가끔씩 큰딸이 아빠인 나에게 물었다. 자료 한구석에 적혀진 꽤 길어 보이는 한글 문장이 무슨 뜻인지 모르겠다며.

나는 예를 들어가며 성의껏 설명을 해주었다. 그러고 나서 그 자료가 무슨 자료인지 물었다.

"네, 이건 학교 영어 선생님의 석사학위 논문인데, 영어로 번역해 달라고 하시네요."

나는 얼마 동안 말을 하지 않다가 없는 마음을 실어서 이렇게 말했다.

"그래, 선생님이 보시기에 네가 영어를 굉장히 잘하는 줄 알고 부탁을 했구나. 열심히 해드려라…."

분명히 지금은 이런 선생님이 계시지는 않을 것이다. 이 일은 십수 년 전의 일이니까. 큰딸은 성격이 느긋하지 못하여 주어진 일은 시간을 다투어 완성하려고 노력하는 편이다. 영어 선생님의 논문을 도와주는 일에서도 변함없이 저녁잠을 설치며 히려고 하였다. 얼마간의 시간이 지난 후에 그 논문은 영어로 번역되어 다시 영어 선생님의 손으로 돌아갔다.

학생은 선생님을 따라간다는 말이 생각났다. 학교를 보면 그 사회와 문화의 단면을 알 수 있다는 말이 생각났다.

자기 일을 다른 사람의 도움을 받아 하면서도 딩낭하게 자기 성끼리고 날하려는 선생님. 남이 대신해주는 학교숙제를 하면서도 당당히 자기가 한 숙제라고 제출하려는 학생들. 차이를 인정하기보다는 이를 이용하려고 하는 사회. 자신은 차별당하지 않아야 한다고 하면서도 남이 당하는 차별에는 애써 무감각하기를 좋아하는 사회. 제대로 평가받은 적이 없는 사람들이 무언가를 바르게 평가하겠다고 나서는 사회. 그러는 동안에 큰딸의 한국학교적응은 더욱 더디게 진행되었고, 얼굴에는 웃음도 사라졌다.

4년간의 미국생활을 마치고 전학을 오자마자 국어 시간에 옛시조를 배워야 했다. 다른 언어환경의 차이를 극복할 기회조차 없이 영어와 수학을 제외한 모든 과목에서 '가'를 받았다. 그 와중에 영어 선생님의 논문을 위해 보내야 했던 시간들은 악순환을 낳기에 충분했을 것이다.

누구의 잘잘못이라고 하기조차 부끄러운 현실 앞에서 큰딸은 모든 현상을 그저 받아들여야 했다. 시간은 그렇게 흘러갔고, 중학교 3학년 1학기가 지나갔다.

고마우신
담임선생님

.
.
.
.
.
.
.
.
.
.

큰딸이 학교생활 적응에 점점 힘들어하는 사이에 시간은 중학교 3학년 2학기가 되었다. 큰딸의 상황을 알아차린 아내는 큰딸을 데리고 정신과 의사를 찾아 상담을 받기에 이르렀다.

의사 선생님과 얼마간 대화를 주고받던 큰딸은 연방 울음을 터뜨리고 말았다. 의사 선생님이 한 말은 바로 이것이었다.

"너 미국에 다시 가고 싶지?"

이러한 큰딸의 어려움을 가까이서 지켜보고 있었던 한 사람이 있었다. 바로 큰딸의 담임선생님이었다.

가을이 다가오는 어느 날, 담임선생님은 큰딸에게 한 안내책자를 주며 이렇게 말씀하셨다.

"미국 국무성에서 교환학생을 선발하고 있는데 한번 응시하지 않겠니? 시험을 봐서 선발되어야 하는데 담임선생님이 보기에 너의 실력이면 될 것 같은데…."

그 뒤로 며칠이 지나면서 큰딸은 나에게 이렇게 말하였다.

"아빠, 미국 국무성에서 고등학교 교환학생을 선발한다는데 저를 보내줄 수 있나요? 1년 동안 공부하는데 학비는 무료이고 약간의 생활비만 있으면 된다고 하네요. 그 후에는 사립학교로 전학해서 공부를 마치고 대학을 가면 안 되나요?"

"글쎄, 아빠가 금방 이야기를 듣고 무어라 판단하기가 쉽지 않구나. 엄마하고 상의해 볼게. 엄마, 아빠에게 시간을 조금 주면 좋겠다. 우선은 너에게 좋은 기회가 될 수 있으니 절차를 따라 시험에 응시하도록 준비해라."

큰딸의 담임선생님은 나에게 새로운 과제를 주었으나 큰딸에게는 인생의 전환점을 선물하셨다. 담임선생님은 큰딸이 어떤 이유로 학교생활에 적응을 못 하는지 또 그 해결방법이 무언지 알고 계셨다. 아빠인 나도 몰랐던 귀중한 교훈을 그때가 되어서야 알게 해주었던 큰딸의 담임선생님.

'교육환경을 바꿔라.'

'자녀가 만족하는 교육환경을 제공해주어라.'

그 뒤로 십 년이 지난 오늘. 큰딸은 미국에서 공부를 계속하게 되었다. 미국에서 고등학교, 대학교, 대학원을 졸업하고 법학박사가 되었고, 또한 변호사가 되었다.

아빠를 따라서 살아야만 했던 자녀에서 스스로 인생을 개척하는 한 사회인이 되었다. 정신과 치료를 받으며 울음을 참지 못했던 환자 아닌 환자가 미국사회에서 한 법조인이 되었다. 이러한 긴 여정의 첫걸음은 바로 십 년 전에 받았던 담임선생님의 한마디 조언이었던 것이다. 어려움 많은 우리나라 교육 현실에도 큰딸의 담임선생님과 같은 선생님이 있는 한 우리나라 교육의 미래는 희망이 있다고 믿는다.

모든 것이
부족하지만

큰딸이 미국 국무성 교환학생 선발시험에 응시하려고 하면서부터 많은 것들이 변하였다. 큰딸은 학교생활에서 더 이상의 스트레스를 받지는 않아 보였다.

대신에 책상에서 무언가를 열심히 하려는 시간이 눈에 띄게 늘어났다. 내가 야근을 하고 늦게 집으로 돌아올 때까지도 큰딸은 방에서 공부를 하곤 했었다.

그러는 사이에 나와 아내는 큰딸의 미국유학에 따른 여러 가지 숙제를 안게 되었다. 큰딸을 혼자 보낼 것인가 아니면 엄마와 함께 가게 할 것인가. 결국 나도 기러기아빠가 되는가. 큰딸이 어쩔 수 없이 조기유학을 간다면 재정적인 지원은 어떻게 할 것인가. 처음은 몰라도 언제까지 얼마나 재정지원을 할 수 있는가. 남아있는 작은딸은 어떻게 할 것인가. 작은딸도 이참에 같이 보내야 하는가…. 아내와 함께 몇 주 동안 서로 머리를 이리 굴리고 저리 짜내어서 합의한 사항은 다음과 같았다.

'모든 것이 부족하지만, 큰딸의 미래를 위해서 조기유학을 보내준다. 대신에 혼자 보낸다. 한국에 남아있는 작은딸도 중요하므로. 또한 재정지원은 고등학교 3년 동안만. 그 이후는 스스로 해결해야 한다. 작은딸도 중요하므로'

나는 큰딸에게 이렇게 말했다.

"그래 보내주마. 그런데 한국이 싫어서 미국으로 도망가는 것이 되어서는 안 된다. 네가 여기서도 잘하지만 미국에 가면 더 잘할 수 있다는 가능성을 엄마, 아빠에게 보여주면 좋겠다. 내년에 미국에 갈 수 있도록 준비하고 그동안 열심히 하여서 니의 가능성을 한 번 보여다오."

그때부터 큰딸의 눈은 다시금 반짝이기 시작했고 예전의 명랑한 모습을 다시 보여주었다. 중학교 2학년 말 성적 423/450등으로 시작하여 고등학교 1학년 1학기 말 성적은 75/250등.

나의 박봉으로는 불가능해 보였던 큰딸 조기유학은 이렇게 시작되었다. 모든 것이 부족하였지만 나와 아내는 큰딸을 혼자 조기유학을 보내기로 하였다.

주변에 있었던 여러 동료 교수들은 나의 결정을 많이 걱정해 주었다. 여자아이를 혼자 보낸다고…. 앞날을 예측할 수 없으며 지금 풀어야 하는 문제들이 많이 있는 현실에서 어떤 결정을 해야 하는

가. 그 당시 나와 아내의 이러한 선택을 하게 만든 공통의 생각이 있었다.

"부모가 열심히 살아가는 이유 중에는 '자녀의 행복을 위하여'라는 것이 우선 되는 것이 옳다. 큰딸이 행복하고 만족할 수 있는 교육환경은 한국보다 미국이 더 나을 수 있다."는 생각이었다.

큰딸이 미국으로 조기유학을 떠난 후 아내의 가계부는 항상 마이너스를 기록하였다. 지난 십 년 동안 우리 가족의 마이너스 통장은 가족생계를 위한 든든한 지원자가 되었다.

Culver
Academy

큰딸이 드디어 한국을 떠나 혼자서 미국으로의 조기유학 길에 올랐다. 우리 가족 모두는 큰딸의 앞날이 어떻게 전개될지 전혀 모르는 채 그저 작은 응원만을 보냈다.

경제적으로나 시간적으로 녹록치 않은 상황에서 기대보다는 걱정이 더 앞을 가렸다. 인천공항에서 큰딸이 출국장에 들어가 보이지 않게 되고서야 아내는 눈물을 흘렸다. 지난 2년간의 한국생활에 힘들어했던 큰딸의 아픔을 누구보다도 가까이서 지켜보았기 때문이다.

큰딸이 1년 동안 교환학생으로 다닌 고등학교는 인디애나주에 있는 조그만 시골학교였다. 나중에 큰딸에게서 들었는데 그 학교 주변에는 넓디넓은 옥수수밭만이 있었다고 한다. 차를 타고 10여

분을 달려야 큰딸이 지내는 집이 있는 조그만 마을이 나온다고 하였다.

큰딸을 맡아 주던 보호자는 중년의 가족이었고 큰딸은 시간의 대부분을 공부하는 데 보냈다. 2년간의 한국생활로 인한 공백기가 있었음에도 큰딸은 전 과목에서 좋은 성적을 받았다.

큰딸은 교환학생 기간이 끝날 무렵 사립학교 전학을 위해 한 학교를 찾아 직접 입학시험을 치렀고, 응시결과가 나오기 전에 큰딸은 한국으로 다시 돌아왔다. 만일 입학시험에서 떨어지면 다시 한국에서 고등학교에 다녀야 했다. 어린 나이에 무거운 '운명의 주사위'라는 것을 만나게 되었던 것이다.

봄의 기운이 막 생기려는 3월 초 어느 날에 미국에서 한 통의 편지가 왔다.

'당신의 Culver Academy 합격을 축하합니다.'

운명의 신은 자신의 손을 큰딸에게 내밀어 주었다. 어쩌면 큰딸의 절박함에 신이 작은 응답을 한 것이라 나는 지금도 그렇게 믿고 있다.

Culver Academy는 미국 내에서 이름이 있는 대학진학 중심의 사립고등학교(Boarding School)이다. 우리가 아는 미국 영화배우 톰 행크스의 아들도 큰딸과 비슷한 시기에 이 학교에 다녔다고 한다.

개교한 지 120년이 넘는 이 학교는 이름처럼 사관학교와 같은 생활과 교육환경을 가지고 있다. 아침에 기상할 때마다 나팔 소리가 아닌 대포 소리를 듣는다고 한다.

이곳 학교에도 마찬가지로 한국 학생들이 여럿 있었는데, 대부분은 서울 강남지역에서 사는 유복한 집안의 자제들이라고 한다.

큰딸은 어느 날 우연히 그들과 만나서 한국말로 인사를 주고받던 중에 이런 대화를 했다고 한다.

"우리는 서울 강남에서 사는데, 너는 어디서 사니?"

"응, 나는 청주에서 왔어."

"청주? 청주가 어디에 있니?"

"   ."

큰딸은 그 어색한 만남 이후로 자연스럽게 그들과 어울리지 않았다고 한다. 아마도 큰딸은 스스로 자신이 그들과 다른 상황에 있다는 것을 알았으리라 짐작한다.

Culver Academy에서 2년간의 공부가 끝나고 졸업식이 되었다. 큰딸은 축하해 주는 사람 하나 없이 혼자서 졸업식을 맞이하였다.

나는 그때 공군사관학교 교수직을 마치고 일반대학교로 옮기는 과정이라 바쁘고 힘들게 지냈다. 큰딸은 우등졸업생들 중에 한 사람이 되어 단상 특별석에서 졸업식을 하였다. 반면 서울 강남 친구들은 모두 일반석에서 큰딸을 지켜보았다. 시간이 한참 흐른 후에 큰딸은 그때의 일을 이렇게 추억하고 있었다.

"아빠, 나는 그때 눈물조차 흘릴 수가 없었어요. 엄마, 아빠가 보내주는 학비와 생활비가 얼마나 귀한 것인지 알고 있었기 때문이죠. 그리고 나는 더 이상 물러설 데가 없다는 것도 알고 있었어요. 내가 주저앉으면 그 순간 내 인생은 사라진다는 것을 느꼈기 때문이에요. 제가 공부를 잘한 것이 아니라 열심히 한 것뿐이에요. 지금 열심히 하지 않으면 저의 미래가 없다는 것을 누구보다도 잘 알고 있었죠…."

엄마, 아빠보다 더 절실하게 자기 인생에 대해 고민하고 또 그렇게 살아준 큰딸에게 감사한다. 또한 그렇게 절실한 한 사람, 큰딸을 품어준 Culver Academy에 졸업생 부모로서 감사를 보낸다.

Lake Forest College
(LFC)

....

큰딸도 마찬가지로 대학진학을 위한 중요한 도전을 맞이해야 했다. 그것은 바로 '어느 대학교에 갈 것인가?' 그리고 '어떤 학과를 전공할 것인가?'였다.

큰딸은 문과로 설명되는 사회과학 분야에 더 큰 관심과 학업성취도를 가지고 있었다. 예전에 같이 지내던 동안에 이따금 아빠인 나에게 물어 왔을 때 나는 이렇게 얘기했던 것 같다.

"네가 가장 좋아하고 잘할 수 있는 분야로 공부하면 좋겠다. 공부하고 싶은 분야를 선택하게 되면 학업성취도는 자연스럽게 올라갈 것이다. 또 학업성취도가 높으면 다음에 상대적으로 더 많은 학업 또는 취업 기회를 가질 수 있을 것이다. 더 많이 배우다 보면 더 큰 지혜와 도전하고픈 마음을 얻게 될 수 있다.

미국대학은 전공변경이 어렵지 않고 복수전공을 다양하게 할 수 있으니 여유를 가지면 좋겠다. 지금 선택한 것을 바꿀 수도 있으니 되도록 네가 좋아하는, 그리고 잘할 수 있는 분야를 찾아라."

평상시에 책 읽기와 글 쓰기를 좋아했던 큰딸은 최종적으로 '국제관계학', '정치학', '법학', 그리고 '문학' 분야로의 진학을 결정하고 대학원서를 준비하였다. 하지만 '어느 대학교에 갈 것인가?'를 두고는 아빠인 나의 능력이 시험대에 올랐다.

2007년 당시 미국은 서브프라임 모기지(Subprime Mortgage) 사태로 경기침체가 시작되었다. 그 여파로 많은 대학교에서 학생들에 대한 장학금 혜택이 줄게 되었다.

외국인 학생인 큰딸은 이름있는 여러 대학교에 합격하였으나 장학금 혜택은 거의 없었다. 그 당시 나의 경제능력으로는 큰딸을 더 이상 지원할 수 없었고, 이미 적잖은 부채를 안고 있었다. 다시 한번 '신의 주사위'를 기다리는 상황이 되었다.

기다리고 기다리던 끝에 한 대학교에서 합격통지서와 함께 꽤 많은 장학금 지급서를 받게 되었다. 큰딸은 주저 없이 그 대학교를 선택하였다.

'Lake Forest College(LFC)'

LFC는 일리노이주 시카고 광역도시 지역에 있는 조그만 대학교라고 한다. 나는 그때 그 대학교의 이름을 처음 알게 되었다.

그 대학교는 학부 중심(Liberal Art) 대학 그룹에 속해 있으며 미국에서 100위권에 있다고 한다. 큰딸은 부모의 부족한 경제능력으로 인해 한국에서는 이름도 생소한 대학교로 진학하게 되었다. 그럼에도 불구하고 나는 큰딸에게 해마다 작지만 얼마 간의 재정지원을 계속해 주었다.

그렇게 시작한 큰딸의 대학생활은 고등학교생활의 연장선에서 이와 비슷한 시간으로 채워졌다. 입학 시에 학비의 80% 이상을 장학금으로 받았다. 하지만 기숙사비와 생활비를 충당하기 위해 학교 내외에서 열심히 아르바이트를 해야 했다.

1학년 때에는 도서관 책 정리를 하면서, 2학년 때에는 주차장 관리요원 일을 하면서, 3~4학년 때에는 학교 내 건물 순찰 일을 하고 또 경찰상황실에서 근무하면서 지냈다.

한국 학생들과 학부모들에게는 알려지지 않은 평범한 LFC에서 4년간의 대학생활도 지나갔다. 그러는 동안에 큰딸은 주전공으로 '국제관계학', '철학'을 공부하였고, 부전공으로 '정치학'을 공부하였다.

또한 3학년 때에는 한 학기를 중국 베이징대학교에서 교환학생으로 공부하면서 견문을 넓혔고, 4학년 시절에 참가한 전국 대학생 철학 논문대회에서 최우수상을 받는 기쁨도 있었다.

큰딸의 대학졸업식에는 우리 가족 모두가 참석할 수 있었다. 그 당시 나는 University of Texas at Dallas(UTD)에 초청연구원으로 일하고 있었고, 우리 가족은 텍사스주 댈러스 광역도시에 살고 있었다.

큰딸은 철학과에서 수석으로 졸업하게 되었고 또한 몇 가지 다른 종류의 상을 받는 기쁨을 안았다.

나는 지난 동안 힘든 경험과 함께 절실하게 그리고 열심히 자기 인생을 살아준 큰딸에게 감사한다. 또 한편으로 나는 큰딸을 위한 부모로서의 역할이 거의 끝나가고 있음을 또한 느끼게 되었다.

졸업식은 5월에 있었으나 북쪽 지방이라 굉장히 추운 가운데 눈과 비바람 속에서 진행되었다. 우리 가족은 추억 만들기를 포기하고 졸업식 다음 날 바로 따뜻한 남쪽 지방 텍사스주로 향했다.

큰딸은 졸업식 전에 법학대학원 진학을 결정하고 준비하여 몇몇 학교로부터 합격통지서를 받았다. 나는 큰딸의 대학졸업식에 갔다 오는 비행기 안에서 노트를 꺼내 작은 글 몇 개를 적어 보았다.

'…인생의 사슬은 그렇게 연결되고 또 연결되는가 보다. 그 연결선들에는 어려움도 있고, 상심도 있고, 절망도 있고, 슬픔도 있고, 또 가난함도 있을 것이다. 또한 그 연결선들에는 절실함이 있고, 땀과 노력이 있고, 감사함과 고마움이 있고, 또 신을 감동시키는 것들도 있다고 생각한다…'

그 어느 것을 아무리 얇게 베어내어도 거기에는 항상 양면이 존재한다고 믿는다. 인생에서 만나는 수많은 일들 앞에서 빛과 어둠의 양면을 모두 볼 수 있는 지혜가 있으면 좋겠다.

그리고 만일 신이 있다고 한다면 그가 감동할 만큼의 일들을 내기 많이 감당할 수 있으면 좋겠다. 이런 생각과 바람들의 많은 부분을 나에게 직접 보여준 큰딸에게 또한 감사한다.

Southern Methodist University
(SMU)

큰딸이 대학교 4학년 졸업반이 되자 자신의 다음 진로에 대해 고민하기 시작했다. 얼마간의 시간을 두며 생각하고, 고민한 후에 최종적으로 법학대학원에 진학하기로 결심을 하였다.

처음엔 철학을 계속 공부하여 나중에는 철학교수가 되고 싶다고 하였다. 아빠를 따라 교수직을 하겠다는 것에 반대는 하지 않았지만, 전공에 대한 걱정이 있던 것이 사실이었다.

나는 잠시 생각하였다.

"현대사회에서 철학자로 사는 삶이 중요하고 가치가 있으며, 또 삶에 필요한 부를 제공할 수 있는가?"

"현대사회가 철학자에게 보편적 삶을 위한 물질적, 정신적 부를 얼마나 제공할 수 있는가?"

나는 큰딸에게 다음과 같은 물음에 대해 스스로 답할 수 있도록 한번 알아보라고 말하였다.

"철학 분야의 박사학위 공부를 마치는 데 필요한 시간이 얼마나 되는가?"

"그 시간 동안 공부에 지장이 없을 정도의 비용은 얼마나 되며 또 이를 어떻게 충당할 것인가?"

"미국대학교에서 철학전공 학생 수 대비 철학교수직 채용 인원은 매년 얼마나 되는가?"

"철학 공부 후에 만일 대학교수직이 어렵다면 자신의 인생 전체를 어떻게 재설계할 것인가?"

큰딸은 그 뒤로 한참 동안 나의 질문에 답하지 않았다. 3학년 과정을 마친 큰딸은 여름방학이 되어 집에 내려와 두어 달 동안 가족과 함께 생활하였다.

같이 생활하던 어느 날 대학원 진로문제로 이야기를 나누었다. 이런저런 이야기 속에 나는 법학대학원 진학에 대해 어떤 생각이 있는지 물어보았다.

큰딸은 그러지 않아도 기숙사에서 함께 지내던 한 친구가 법학대학원을 추천해주었다고 하였다. 그렇지만 자신은 아직 확실한 마음이 서 있지 않다고도 하였다.

나는 큰딸에게 법학대학원입학시험(LSAT)을 한번 준비해 보라고 추천하였다. 그리고 LSAT 학원비를 지원해주었다.

학원을 다녀온 첫날에 큰딸은 나에게 법학대학원에 가고 싶다고 말하였다. 나는 큰딸의 급작스러운 심경변화에 놀라기도 하고 걱정이 되기도 해서 그 이유를 물었다. 이유인즉, 학원에 같이 수강하러 온 사람의 대부분이 유명대학교에 다니고 있으며, 더욱이 부모들의 상당수가 의사, 변호사, 대학교수들이라고 소개하는 것을 알게 되었는데, 일종의 오기 같은 것도 생기고 넓디넓은 사회현실을 번개처럼 느꼈기 때문이라고 하였다.

철학 공부를 하면서 은둔자같이 세상은 살고자 했던 마음이 조라해졌다고 한다. 나는 말했다.

"응, 그렇구나. 그래 한번 노력해 보아라. 세상은 넓고 할 일은 많이 있는 게 사실이다."

그 날 이후로 큰딸은 시기적으로 늦은 결심을 하였지만, 열심히 법학대학원 진학을 준비하였고, 다음 해인 2012년 이른 봄이 되자 몇 군데의 법학대학원에서 입학통지서를 받았다.

합격통지서와 함께 전액 장학금에 생활비까지 지원해준다는 학교도 있었고, 합격대기자 명단에 올라있다가 최종합격통지를 받은 학교도 있었다.

큰딸은 Lake Forest College 학장님과 법학대학원 선택에 관해 조언을 받은 후에 최종적으로 SMU 법학대학원으로 결정하였다. 그 학장님의 조언은 다음과 같았다고 한다.

"법대 졸업생과 변호사의 시장은 크게 전국 단위와 지역 단위로 나뉘어 있다. 미국 상위 20위권 내에 있는 법대는 전국 단위로서 졸업 후에 전국 각지에서 일하게 되고, 100위권 내에 있는 법대는 지역 단위로, 각 지역사회를 중심으로 일하게 된다.

특히 검사 등 법조공무원인 경우는 지역 단위 법대 출신들이 많이 있다. 미국의 전체적인 경제 흐름이 좋을 때는 전국 단위 법대 출신들의 취업률이 높은 경향이 있고, 지역 단위 법대 출신들은 지역경제사회 상황에 영향을 많이 받는다. 텍사스주와 댈러스지역은 경제토대가 튼튼하여 발전하고 있으니 SMU 법대를 추천한다."

큰딸은 SMU 법대로 진학했는데, 진학 당시 외국인 학생 신분으로 법대에 합격한 사람은 큰딸뿐이었다. 그리하여 우리 가족은 헤어져 지낸 지 7년 만에 다시 만나 생활하게 되었다.

나는 큰딸이 댈러스에 있는 SMU 법학대학원에서 공부할 것으로는 생각하지 못했다. 지나고 나서 보니 '우리가 드디어 가족이 되었구나' 하는 기쁜 마음을 감출 수가 없었다.

큰딸은 집안에서 더 이상 이방인이 아니라 큰딸로서의 자리로 되돌아올 수 있었고, 작은딸은 그동안 늘 외로운 동생이었는데 든든한 언니가 있음을 실감하면서 생활하게 되었다.

나와 아내는 그때부터 생활 속에서 엄마, 아빠의 모습을 진실하게 보여줄 수 있게 되었다. 나에게 자식을 위한 부모의 뒷바라지라는 책임과 기쁨을 함께 느낄 수 있는 몇 년간이 오고 있었다.

나는 그때에도 마찬가지로 SMU라는 대학교를 처음 알게 되었다. 나 스스로 자주 느끼고 반성하고 있는 생각은 '내가 아는 세상이란 여전히 작디작구나.'라는 것이다.

SMU는 개교 100년이 넘는 학교로 댈러스 시내에 위치한 지역 거

점 대학들 중의 하나이다. 학교캠퍼스는 깨끗하고 정리정돈이 잘
되어 있어서 매년 아름다운 대학캠퍼스에 선정되기도 한다.

큰딸이 대학원생으로 다니는 학교라서 그런지 처음엔 조금 낯설
게도 보였다. 하지만 작은딸도 학부생으로 이 학교에 다니자 그때
부터 학교 전체가 정겹고 따뜻하게 느껴졌다. 이것이 사람 마음이
고 또한 학부모의 마음인가 보다.

큰딸은 법학박사(JD) 과정과 경영학석사(MBA) 과정을 복수로 전
공하였는데, 이유는 다음과 같았다.

법학대학원 1학년 신입생 환영식 때에 정장 차림에 007가방을
든 선배들을 보았다고 한다. 모양새가 멋있게 보이던 참에 같이 대
화를 나누었는데 JD/MBA 과정 선배 학생들이라 하였다.

회사 법률부서에서 일하는 변호사들은 많은 경우 JD/MBA 출신
이라고 하였다. 큰딸은 자신이 외국인으로 졸업 후 검사 등 공무원
직에 취업하는 데 제한이 있음을 알고 있었다. 그래서 회사로의 취
직을 고려하던 중에 JD/MBA 과정을 알게 된 것이다.

큰딸은 가장 어렵고 중요하다는 법대 1학년 공부를 하면서 MBA
입학시험(GMAT)도 준비하였다. 매년 JD/MBA 과정은 7명 이하로
선발한다고 하여 더 많은 긴장 속에서 공부했다고 한다. 그렇게 준
비하여 큰딸은 총 4년간의 JD/MBA 과정을 공부하게 되었다.

나와 아내는 별일이 없으면 토요일 혹은 일요일에 음식, 식료품,
그리고 생수 등을 날라야 했다. 입학 첫해 지내던 기숙사는 3층이
었는데, 많은 것들을 이고 지고 올라가던 모습은 지금도 선하다.

다음 해부터는 2층이라서 기뻤다. 참 기뻤다.

나와 아내는 SMU 캠퍼스를 거의 매주 찾아갔다. 많은 것을 이고 지고 기숙사를 오르락내리락 했다. 자식이 열심히 노력하는 것을 보면서 대견하기도 하고 감사하기도 하지만 늘 미안하기도 했다. 왜냐하면 내가 학비지원을 해주지 못해서 큰딸이 스스로 학비를 융자받아서 다녀야 했기 때문이다.

4년간 2억 원이 넘는 학비를 융자받아 공부하는 것을 보고 안타까워하지 않을 부모는 없을 것이다. 그 때문에 나로서도 이고 지고 하던 것에 힘든 내색을 하지 못했는지 모른다.

큰딸은 매번 여름방학마다 법원과 법률회사, 그리고 일반회사 법무팀에서 인턴으로 일하였다. 그러면서 학기 중에는 법대 학생 모의재판대회에도 여러 번 참가하였다.

그중에서도 가장 극적인 대회참가는 졸업 전 마지막에 참가한 대회였다. 큰딸은 그 대회에서 개인 최우수 변론상을 받았고 같이 참여한 팀은 준우승을 하였다.

준결승전에서는 그 유명한 하버드 법학대학원팀을 이기고 결승에 갔다고 하였다. 예선전부터 개인에 대한 심사를 병행하였는데 그중에서 큰딸의 점수가 가장 높았다고 한다.

한인 출신의 한 조기유학생이 전미 법학대학원생이 참가하는 모의재판대회에서 최우수 변론상을 받았다. 아빠인 나도 처음엔 민기지 않았으나 상장과 상패를 보고 나니 기쁘기가 이를 데 없었다.

한국의 중학교 시험 중 '숭례문'도 모르고 학년 석차 423등을 했던 한 여학생이 15살의 나이에 집을 떠나 스스로 조기유학 길에 오른 지 10년 후에 이렇게 발전하였다.

평범한 한 학생의 부모로서 나는 기쁘고 감사하면서도 무거운 마음을 가진다. 다양성이 있는 교육환경, 능력이 발견되는 교육환경, 패자부활전이 있는 교육환경을 바라며, 어느 학교를 졸업했느냐보다 무엇을 배워서 졸업하고 또 얼마나 발전적인 변화가 있는지를 스스로 그리고 보다 객관적으로 평가하는 교육환경이 한국에서 지금보다 더 일반화되었으면 좋겠다. 큰딸의 SMU 법학대학원의 생활은 이렇게 마무리되어 가고 있었다.

큰딸
학자금 융자신청

．
．
．
．
．
．
．
．
．
．

　한국 국적을 가진 채 미국에서 법학대학원에 입학한 큰딸은 요즈음 바쁘게 생활하고 있다. 학교 근처에서 지내야 하는 방도 알아보아야 하고, 자동차 운전면허도 따야 하고 또한 대학원에 제출해야 하는 각종 서류도 작성해야 한다. 그중에서도 눈에 띄는 것은 학자금 융자신청에 관한 것이다.

　미국에서는 고액의 학자금이 필요한 대부분의 학생들은 학자금 융자신청을 통하여 부모의 도움 없이도 공부하고, 졸업한 후에 직장에서 일하면서 이를 갚아 나가는 것이 일반적이다. 국가적인 차원에서는 학생들에게 단기간의 고액 학자금 상환부담을 줄여주고 또한 원하는 사람들에게 고등교육기회를 보장하는 순수한 목적이 있으므로 좋은 것이라고 생각한다. 그러나 경기침체로 인해 졸업

후 안정된 직장을 구하기가 어려워지면서 역기능이 나타나고 있는 것도 사실이다. 융자받은 학자금을 상환하기가 어려워지면 졸업 후의 당당한 사회인보다는 경제적인 채무자의 멍에가 더 크게 다가오기 때문이다. 그렇지만 나의 큰딸에게는 지금 학자금 융자신청이 필요하다.

큰딸의 학자금 융자신청을 위해서는 '시민권자' 혹은 '영주권자'인 co-signer가 필요하다. co-signer는 일반적으로 한국의 재정보증인과 비슷하다. 아버지인 나로서는 당연히 내가 co-signer가 되어야 한다고 생각하였으나 '자격 미달'이다. 나는 시민권자도 아니고 영주권자도 아니기 때문이다.

큰딸이 작성한 서류를 보면서 빈칸으로 남아있는 co-signer가 되어 줄 수 있는 사람을 머릿속으로 찾아본다. 사실 지난주에 나의 머릿속에 처음으로 떠오른 한 사람에게 요청하였으나 거절당하였다. 잠시 서운한 마음이 든 것도 사실이었지만 충분히 그럴 수 있다고 생각한다. 입장이 서로 다르기 때문이다. 그 이상도 그 이하도 아닐 것이다.

큰딸에게는 알리지 않았다. co-signer가 되어 줄 다른 사람을 찾아볼 작정이다. 이런 일이란 원래 잘되면 당연한 것이고 괜한 자긍심 같은 것이 생길 수 있을 것이다. 하지만 잘 안되면 아버지로서의 인간성, 사회성 혹은 그 인생에 대한 부정적인 간접평가가 내려질 수도 있다. 마음이 그리 편하지는 않다. 아마 이 시간이 얼마간 지난 후에는 해결될 터이지만….

큰딸의
첫 봉급

큰딸이 얼마 전에 첫 봉급을 받았다. 미국 법학대학원 재학 중에 방학 동안 인턴을 하던 미국 법률회사에서 받은 첫 봉급이었다. 실은 지난해에도 큰 대기업 법률부서에서 인턴을 하면서 봉급을 받긴 했지만, 그때는 아주 작았다.

이번에는 그때보다 훨씬 많은 금액이라 가족뿐 아니라 친지들에게도 인사치레를 할 수 있었다. 큰딸은 받은 첫 봉급을 전부 나에게 주면서 친지들과 함께 나누는 선물이라고 하였다.

한국에 있는 장모님께 전화해서 자초지종을 알리고 가까운 친지들과 고르게 나누어 주기로 했다. 몇 해 전에 한국을 떠나 이곳 미국에서 지내게 되면서 친지들과는 자연스레 멀어지게 되었다.

큰딸의 선행(?)으로 그동안의 멀어짐을 잊고 친지들이 다시 모이는 좋은 기회가 되었다. 친·외할머니, 엄마, 아빠, 친동생, 큰아빠, 큰엄마, 이모, 이모부 그리고 사촌 동생 6명 등. 요즘같이 함께 하기 어려운 빠듯한 생활 중에 잠시 시름을 잊고 모두의 마음을 즐겁게 해 주었다. 큰딸에게 감사한다.

지난 시절의 이야기가 추억처럼 떠오른다. 우리 가족은 큰딸을 그기 15실이 되던 해에 홀로 해외유학을 보냈어야 했다. 내가 유학 후에 귀국하면서 큰딸은 한국학교생활에 저응 올 못 해 찡신과 의사와 상담까지 받아야 했다.

주변 사람들의 걱정과 만류에도 큰딸을 홀로 미국행 비행기를 타도록 했던 꼭 10년 전 이야기. 큰딸의 학비를 마련하기 위해 절약하고, 절약하였지만 통장에는 항상 마이너스가 기다리고 있었다.

"'조앤 아크'를 아십니까?"

중학교 2학년 사회시험에 나온 한 질문의 답은 '잔 다르크'였다. 큰딸은 '조앤 아크'를 썼는데 선생님이 틀렸다고 채점을 하였다고 한다. 그 당시 선생님이 정답 스펠링을 확인해 보는 지혜가 있었으면…

"답이 없는데요, 선생님."

중학교 2학년 영어시험에 나온 선택형 시험문제에 정답이 없다고 말했는데 선생님 대답은 바로,

"아무거나 골라 적어…"

아빠인 내가 나중에 확인했는데 진짜 답이 없어 보였다. 나는 말했다.

"아빠가 보아도 정답이 없지만, 이런 것으로 선생님을 절대 찾아가지 말아라. 아빠가 미안하다."

10여 년간 대학교수직에 몸담은 나 자신도 답을 찾지 못한 한국 교육의 딜레마 앞에 서 있던 나의 딸. 그래도 이러한 정신적, 물질적 어려움을 스스로 잘 참고 이겨내어 준 우리 큰딸에게 감사한다. 큰딸에게서 받은 용돈으로 나와 아내는 속옷 한 벌 사 입으려고 한다.

100차선 도로
(잠시 낙심한 큰딸에게)

몽골은 카자흐스탄에 이어 세계에서 두 번째로 큰 내륙의 나라이다. 그 끝없는 몽골의 초원에서는 시선이 닿는 데까지도 아무것도 보이지 않는다.

인간과 자연환경의 그러한 운명적인 만남은 오늘날까지 이어지면서 그들의 삶이 다하는 그 날까지 쉬지 않고 달리고 또 떠나야 하는 대서사시를 만들었다.

몽골의 동쪽은 아무것도 없는 초원이, 서쪽은 알타이 대산맥이, 남쪽은 바위와 모래뿐인 고비사막이, 그리고 북쪽은 인간이 뚫고 지나가기가 불가능하다고 하는 시베리아 산림이 있다.

날씨는 매우 건조하고, 기온 차가 심하며, 일 년 평균 강수량이 겨우 200mm 정도라고 한다. 고비사막에서 만들어지는 봄철의 황

사현상은 중국은 물론이고 멀리 한국까지 힘들게 하고 있다.

이렇게 사람이 살기에 척박한 몽골 초원에서도 역사상 여러 유목민족이 세계사에 등장하였다. 특히 13세기에는 칭기즈칸의 몽골 부족이 초원을 통일하고 정복정책으로 이민족들을 복속시켰다.

그들은 인류역사상 대영제국 다음으로 넓은 영토를 가진 몽골제국을 건설하였다. 그들에게 주어진 험난한 자연환경을 극복한 정신력은 제국건설의 밑바탕이 되었을 것이다. 유목민들은 안다. 날이 새면 스스로 그리고 쉼 없이 목초지를 향해 또 움직여야 한다는 것을.

몽골의 초원에는 100차선이 넘는 도로가 있다고 한다. 또한 그들은 남들이 지나간 길을 그냥 따라가지 않는다고 한다. 남들이 가지 않은 길을 스스로의 방법으로 개척하고 만들어 가는 태도는 역사적 유산인 것 같다. 끝도 없는 초원에서 자신이 스스로 길을 만들고 그 길을 간다. 오늘날까지도.

이 세상의 삶이란 것이 어쩌면 몽골인들이 역사 속에서 경험한 운명적 삶과 많이 닮은 것 같다. 무언가를 위해서 쉼 없이 달려야 하는 세상의 많은 사람들은 모두 몽골 유목민들과 흡사하다.

나도 젊었을 때 다른 사람의 멋진 길들을 따라가고 싶은 마음이 간절했던 기억이 없지 않았다. 그러나 지나고 보면 내가 걸어왔던 인생길은 내가 스스로 만들어 지나왔던 것을 느끼곤 한다.

시간이 흐를수록 내가 지나온 어렴풋한 인생길은 점점 또렷해지는 것 같다.

목적지가 있는 인생길.

스스로 길을 만들며 가는 인생길.

가다가 잠시 길이 없어지거나 끊어진다 하여도 목적지가 여전히 있는 인생길.

날이 저물어 쉬어가는 곳에서도 다음날 해가 뜨는 것을 아는 믿음의 인생길.

나만의 인생 스토리를 만들고 이른 다음 세대에 가치 있게 선해 술 수 있는 인생길.

그런 인생길을 만들고 싶다. 몽골의 100차선 도로처럼.

변호사

.
.
.
.
.
.
.
.

오늘 큰딸에게서 변호사시험에 합격했다는 전화를 받았다. 그동안 내심으로는 합격기원을 누구보다도 많이 하였으나 겉으로는 애써 무덤덤하여 왔다.

"그래, 아빠가 큰 축하를 한다. 너의 일생에서 태어난 것 다음으로 기쁜 일이라 여긴다."

나의 큰딸은 자신이 3살이 되던 해에 유학을 가는 아빠인 나를 따라 처음으로 미국에 갔었다. 유치원을 미국에서 2년간 다니고 나서 한국에 돌아와 지내다 초등학교에 입학하였다.

미국 유치원 입학면접 때에 영어를 한마디도 못하면서 그저 눈치 하나로 통과한 기억이 생생하다. 초등학교를 입학한 지 몇 달 안 되어 다시 미국에 가서 6개월을 지냈다.

미국 초등학교에 입학하여서는 영어스펠링을 모르면서도 내가 읽어주면 이를 외워서 읽곤 하였다. 한국에 돌아와 초등학교를 계속 다니다가 4학년 1학기를 마치고 다시 미국에 갔다.

그 당시 나는 30대 후반에 늦깎이로 박사과정 공부를 시작하였다. 내가 4년간 유학생활을 하는 동안에 큰딸은 초등학교와 중학교 과정을 공부하였다.

미국의 초등학교로 전학하고 처음 치른 영어시험에서 0점을 받아 교장 선생님과 부모면담을 해야 했다. 교장 선생님은 특별어학 과정이 있는 학교로의 전학을 추천하였으나 큰딸은 이를 거부하였다.

"교장 선생님, 한 달만 시간을 주세요. 한 달 후에도 지금과 같으면 그때는 특별어학 과정을 갈게요."

나는 교장 선생님께 이 같은 큰딸의 의사를 전달하였다. 그 날 이후로부터 큰딸은 대부분 과목에서 100점을 받았고 교장 선생님은 전학추천을 취소하였다.

내가 유학을 마치고 귀국하면서 큰딸은 한국의 중학교 2학년 2학기에 전학하였다. 큰딸은 한국교육에 적응을 못 하였고 또 사춘기를 지내느라 심신이 지쳐서 급기야 자포자기하였다.

결국 나는 큰딸에게서 이런 말을 들어야 했다.

"아빠, 미국 가서 공부하게 해 주면 안 될까요? 이곳 한국에서는 제가 안 될 것 같아요."

그 말을 듣고 나는 아내와 함께 한 달여를 고민하다가 결국 승낙했다. 나의 박봉으로는 불가능해 보였던 큰딸의 조기유학을 허락하면서 나는 이런 말을 덧붙였다.

"한국 부모는 보통 자녀의 대학교육비를 지원해주고자 한다. 엄마, 아빠가 3년 정도인 너의 미국고등학교 학비는 줄 수 있으나 대학은 어려울 것 같다. 너의 동생도 있으니 말이다. 대학은 되도록 장학금을 받아서 엄마, 아빠의 재정부담을 줄여주면 좋겠다."

큰딸은 한국에서 고등학교 1학년 1학기를 마치고 가족을 떠나 미국에서 홀로서기를 시작했다. 그 뒤로 고등학교를 우등졸업생 중의 한 명으로 졸업하고 대학교에 진학하였다. 대학 시절에는 장학금을 받으면서도 아르바이트를 하였고, 졸업 시에는 학과 수석을 하였다.

어느 겨울날, 큰딸의 안부가 궁금하여 전화를 걸었더니,

"응, 아빠. 오늘 학교에 눈이 많이 왔는데 50㎝가 넘게 쌓였어. 해가 지고 학교건물 순찰을 한 시간 반 동안 하고 이제 기숙사로 들어왔어…"

"그랬구나. 추운 날씨에 고생이 많았구나. 몸 따뜻하게 하고 잘 쉬어라. 내일 또 공부해야지…"

나는 큰딸과의 전화통화를 마치고 한동안 말없이 있었다.

큰딸이 대학교 4학년이 될 무렵에 우리 가족은 모두 미국행 비행기에 올랐다. 주된 이유는 작은딸마저 한국교육에 적응하지 못하고 고등학생이 되자 결국 폭발해버렸기 때문이다.

교육정책이 바뀌어 외국어고등학교에서 이과과징이 갑지기 없어지면서 일어난 일이다. 대학교수로 있던 나도 몰랐던 교육정책변화로 작은딸이 본의 아닌 피해자가 돼 버린 것이다. 풀기 어려웠던 자

녀교육문제를 안고 미국행에 오르면서 우리 가족은 6년 만에 모두 다시 만났다.

그 후 작은딸이 제자리를 찾아 대학에서 물리학과 수학을 공부하는 동안에 큰딸은 법학박사(JD) 과정과 경영학석사(MBA) 과정을 함께 공부하면서 힘든 시기를 보내었다. 금년 봄에 졸업하면서 JD/MBA라는 두 개의 학위를 동시에 받았다. 그리고 오늘, 두 달 전에 미국 텍사스주에서 치른 변호사 자격시험에 합격연락을 받았다고 한다.

아내는 직장 점심시간에 큰딸로부터 연락을 받고 지난날을 생각하며 눈시울을 적셨다고 한다. 나도 기뻤다. 큰딸을 키우면서 교육적으로, 경제적으로 겪었던 지난 시절의 우여곡절이 다시 떠오른다. 회사 일을 마치고 돌아온 큰딸이 아내에게 말하였다

"엄마도 큰딸 키우느라 수고했어요."

2. 한국에서 미국으로

다시
미국행에 오르다

‥‥‥

2011년 4월 30일. 우리 가족은 미국행 비행기에 올랐다. 미국행을 결정한 뒤로 숨 가쁘게 지내왔던 지난 몇 달간을 뒤로한 채 미국으로 향했다.

나는 나대로, 아내는 아내대로, 작은딸을 작은딸대로 그저 동굴을 지나는 심정으로 탑승하였다. 앞길이 어떻게 전개될지 모르는 채 말없이 손만을 잡고 기대 반 걱정 반의 얼굴을 서로 쳐다보았다. 비행기는 마침내 유도로를 지나 활주로 끝 편에서 굉음을 울리며 우리 가족을 태우고 날아오른다.

나는 그동안 한 지방대학교의 교수로 3년을 넘게 지내왔다. 강의와 학생지도, 신입생 모집, 졸업생 취업지원, 연구과제 등으로 주말을 잊고 산 지 오래되었다.

체력과 면역력은 서서히 떨어져서 작은 날씨변화에도 감기에 자주 걸렸다. 역류성 식도염에 대장 치열, 그러다가 대상포진까지 합세하여 내 몸을 병나게 하였다. 재임용에 관한 문제도 함께 맞물려서 스스로의 몸과 마음이 많이 힘들었던 것도 한몫을 하였다.

작은딸은 외국어고등학교에 진학하였으나 1학년을 마치면서 진로적응에 실패하였다. 교육체계의 변경으로 이과반이 없어지면서 작은딸은 적성에도 안 맞는 문과 과목만을 공부해야 했다. 대학교수인 나도 몰랐던 한국교육체계의 급작스러운 변경은 작은딸을 왕따 아닌 왕따로 만들었다.

급기야는 한 달에 한 번 나오는 외출 때에 엄마, 아빠에게 울면서 "학교 가기가 싫다."고까지 말하였다. 울고 있는 작은딸을 학교기숙사로 데려다주고 오는 길에서 아내와 나는 한마디도 하지 못했다.

그때 큰딸은 이미 4년 전에 한국을 떠나 미국에서 홀로 조기유학 중이었다. 누구처럼 부모가 돈 많아서 유세 떨며 딸자식 유학을 보내었으면 얼마나 좋을까 싶지만 정반대이다.

유학을 마친 부모를 따라 돌아와서는 한국교육에 적응하지 못하고 2년 만에 다시 미국으로 떠났다. 이런 이유로 인해 아내의 가계부는 항상 마이너스 통장의 혜택을 끊임없이 받아야 했다.

작은딸의 학업 문제를 알게 되면서 아내와 나는 거의 매일 이 문제로 고민하고 상의하였다. 여건이 충분치 않은 지방대학교에 몸담으며 고군분투하는 나 자신의 미래도 함께 고민하였다.

작은딸을 위해 가족이 미국에서 다시 생활하는 방법을 어느 순간에 심각하게 생각하게 되었다. 그렇게 되면 한국에서 쌓아온 그간의 기득권을 모두 포기해야 하는 반대급부도 생각해야 했다. 결국 '다시 미국으로'를 최종결정하고 여러 미국대학교에 일자리를 알아보았다.

2011년 1월 20일에 미국의 한 대학교에서 연구원 자리가 있어서 이를 얻게 되었다. 다니던 대학교에 사표를 내고, 살던 집을 전세 주었으며, 가재도구들은 친척과 친구들에게 나누어 주었다.

작은딸은 2학년 1학기를 시작하였는데 출국 1주일을 남기고 자퇴를 하였다. 이 모든 삶의 환경변화가 우리 가족에게 어떤 결과를 가져다줄지 모른 채 다시 미국행에 올랐다.

현대
소나타

.
.
.
.
.
.
.
.
.
.

미국에 온 지 약 2주일이 지난 다음 자동차를 구입하였다. 한국인으로서 자연스럽게 우리나라 브랜드인 현대자동차의 소나타를 사게 되었다.

우선은 나의 출퇴근을 위한 자동차이기는 하지만 가족 모두를 위한 것이기도 하였다. 4인 가족에 차 한 대.

대중교통이 잘 발달되어 있는 한국과는 달리 이곳 텍사스주 댈러스지역은 그렇지 못하다. 광활한 지역이라 대중교통의 인프라 자체가 낯설 정도이다. 그로 인해 개인적인 자동차 문화가 애초부터 생활 일부분이 된 지 오래되어 보인다.

16세가 되면 운전면허를 정식으로 취득하여 고등학교를 개인 자동차로 등하교할 수 있다. 부부가 맞벌이라도 하게 되면 자연스레

100차선 희망

각자 자동차를 가지게 된다.

통계에 의하면 2010년을 전후한 미국 4인 기준 가정당 자동차 보유 대수가 약 3대가 된다고 한다. 미국 직장인은 하루 평균 30마일(48㎞)을 1시간 정도 운전을 한다고 한다.

운전 중에 빠르고 간편하게 먹을 수 있는 식품류가 발달되어 있는 것을 보면 미루어 짐작할 수 있다. 대부분의 패스트푸드 음식점은 운전자전용 출입구(Drive through)가 있다.

그럼에도 불구하고 이런 미국에서 우리 4인 가족은 한 대의 자동차로 4년을 넘게 지냈다. 나와 아내의 직장 출퇴근, 그리고 딸들의 학교생활에 필요한 대부분의 지원을 차 한 대로 해야 했다.

돌아보니 우리 가족에 속한 것 중에서 이 자동차가 가장 혹사당하지 않았나 싶다. 자동차를 구입한 지 4년 만에 11만 마일(17만㎞)을 훌쩍 넘었으니 말할 것도 없을 것이다. 미국에서 판매하는 현대 자동차의 품질보증 기간은 10년에 10만 마일이다.

내 자동차의 품질보증 기간은 그리 큰 고장 없이 구입한 지 4년 만에 종료되었다. 내 자동차는 매일 아침 7시부터 움직이기 시작하여 작은딸을 등교시켜 준다. 그 이후에는 아내의 직장에 갔다가 나의 직장으로 간다. 가끔씩은 베이글 빵집에 가기도 한다.

오후 3시 반이 되면 작은딸의 고등학교 하굣길을 지원해주고 다시 나의 직장을 간다. 해 질 무렵에는 아내의 퇴근길을 도와주고 저녁 식사 후에는 다시 연구실로 나를 데려다준다.

댈러스의 맑은 밤하늘과 별들을 보면서 마지막으로 나를 집으로 안내한다. 금, 토, 일요일에는 특별히 큰딸을 위해 일주일 치 식단에 필요한 식자재와 부식거리를 준비한다.

그러는 사이에 식구들은 저마다 바쁘면서도 가치 있는 일들을 만나고 또 성취할지도 모른다. 다만 우리 식구의 한 대뿐인 소나타는 힘겨운 보짐꾼이 되어 우리 식구들을 여기저기 팔러 다닌다. 지금은 설익은 과일처럼 보이지만 언젠가 잘 익어 값나가는 가족들이 될 때가 있으리라 믿으면서.

1불짜리
영화

:
:
:
:
:
:
:
:
:

1불짜리 영화관을 아는가? 1불, 그러니까 천 원으로 영화를 볼 수 있는 곳이 진짜로 있다. 물론 개봉관은 아니다. 그러나 지난 시절에 영화를 즐긴 기억들이 거의 없는 나에겐 모든 영화가 개봉영화나 다름없다.

특히 화요일에는 75센트(800원)로 멋진 영화를 볼 수 있다(나중에는 1불로 인상되었다). 미국 댈러스라는 큰 도시 주변에 사는 우리 가족에게 1불짜리 영화관은 횡재나 다름없다.

더운 여름날이라도 되면 단돈 천 원이 주는 기쁨은 손가락으로 세어도 남음이 있다. 시원한 에어컨, 저녁 식사 후 휴식, 가족 숨결을 느낄 수 있는 가까움, 멋진 장면, 감동의 스토리 등.

그중에서도 내가 가장 귀하게 여기는 기쁨은 가족들 간의 숨결을 느낄 수 있는 '가까움'일 것이다.

'가까움'이란 존중과 배려와 같은 사회적 가치를 배우는 첫걸음 같은 것이 아닐까 한다.

나이 50세를 바라보는 나의 삶에 담긴 '가까움'이란 무엇일까? 부정적이고 멀어지는 것들이 갈수록 많아 보이는 현실에서 '가까움'이란 어떤 의미가 있을까?

한국에서 지내던 때의 일이다. 나에게는 아내와 장성한 두 딸이 있다. 그저 평범한 한 가정의 이야기이다. 큰딸은 미국에서 대학교에 다니고 있고 작은딸은 고등학생이다. 대학을 다니니 자연히 집에서 멀어지고, 기숙사가 있는 고등학교에서는 한 달에 한 번 집에 온다.

나 또한 아침 6시 30분에 출근하고 밤 11시 30분이 되어야 집에 온다. 나의 아내가 진짜 집주인이고 나머지는 어느새 먼 손님들이 되어 버린다.

'가까움'이 무엇인지 생각해 볼 여유조차 없는 것이 우리의 삶인가 보다. 그러다가 미국에 왔다. 미국에서 생활한 지 이제 몇 달밖에 안 되었다. 앞으로 1~2년 후에 딸들은 자연스레 독립하여 생활을 할지 모른다.

어쩌면 내가 이러한 '가까움'이 주는 기쁨을 누릴 기회가 앞으로 1~2년밖에 없을지도 모른다. 그들은 자신의 인생에서 생활독립, 경제독립, 사회독립 같은 것들을 계획하고 또 실천할 것이다.

그러는 사이에 우리 가족에게 새롭게 다가오는 '가까움'이 주는 기쁨은 그저 사라질 것이다. 우리 딸들이 이런 '가까움'이 주는 기쁨을 잊지 않기를 바라고 기도한다. 1불, 1천 원의 작은 여유가 주는 '가까움'의 큰 행복을….

항구를 떠나는 배처럼 인생의 긴 항해를 시작하는 우리 딸들에게도 1불짜리 영화관이 있었으면 좋겠다.

아내의
9번째 직업

아내는 몇 달 전부터 한국계 대형마트 조리부에서 팀장으로 일하고 있다. 나이 50세에 얻은 새로운 직장인데, 되짚어보면 9번째 직장이 되는 것 같다. 아내는 나와 결혼 후 가정주부의 역할을 하면서 틈틈이 일을 했는데 지나고 보니 다양했던 것 같다.

아내의 첫 직장은 군대였다. 25년 전 여자로서는 희귀했던 육군 정훈장교를 3년간 지냈다. 내가 아내를 처음 만난 것도 그 시절 강원도에 있던 군부대였다. 그때는 나도 놀랐긴 하였다. 아내는 나와 결혼할 무렵에 군대를 전역하고 2번째 직장인 학교 선생님을 한다고 했다.

경기도의 한 중학교에서 교편을 잡고 결혼하면서 그 후로 약 4년 동안 우리는 주말부부를 하였다. 그사이에 태어난 큰딸은 줄곧 할

머니 손에서 자라게 되었다. 큰딸에게 엄마는 항상 손님이었다.

내가 미국유학을 가게 되면서 아내는 교편을 그만두고 본격적인 전업주부로 변신하였다. 큰딸과 엄마 사이에 처음 형성된 서먹하면서도 냉랭한 긴장은 그 후로 오랫동안 지속되었다.

나의 유학생활 도중에 아내는 동네에 있는 일식레스토랑에서 요리사로 일하게 되었다. 아내의 고향이 전라도인데 음식을 만드는 솜씨가 있었던지 단번에 정식 요리사가 되었다.

보통은 6개월 정도의 주방보조 일을 하는 것을 고려하면 그것은 파격적이었다. 일식요리사는 아내의 3번째 직업이 되었다.

내가 유학을 마치고 한국으로 돌아온 후에 아내는 골프 티칭 프로 자격증을 따게 되었다. 어려서부터 운동을 좋아하였고 고등학교 진학 시에는 체육특기생 제의도 받았다고 한다. 청주에 있는 한 실내골프장의 레슨프로가 아내의 4번째 직업이었다.

아내의 5번째 직업은 웃음치료사였는데 사실은 거의 사회봉사 수준이었다. 몇몇 행사에 참여하기는 했지만, 전문 분야로 발전하지는 못했다.

아내의 6번째 직업은 요양보호사. 실제 취업한 몇 달간 '삶'에 대한 지혜를 많이 배웠다 한다.

아내의 7번째 직업은 대학골프강사. 군 장교, 선생님 다음으로 좋은 직함을 얻은 7번째 직업. 대학생들과 함께 지내면서 아내는 감사하게도 군 장교 시절, 교직 시절의 추억을 되새길 수 있었다.

내가 미국으로 직장을 옮기면서 아내는 8번째의 직업으로 다시

금 일식요리사 일을 하게 되었다. 두 딸들의 대학재정지원으로 빠듯해진 경제력 때문에 아내의 8번째 직업은 조금 중요하였다.

아내는 올여름까지 일식요리사로 일하다가 몇 달 전에 한 대형마트 조리부에 취업하게 되었다. 9번째 직업이다. 조리부 팀장. 9명의 히스패닉계 사람들과 2명의 한국사람들이 함께 일하고 있다. 새로 오픈한 마트라 힘든 일이 많아 보인나. 아내를 보면 억동석이었넌 한국 현대사의 한 장면을 보는 느낌이 든다.

신에게
감사합니다

회사 일로 출장을 갔던 아내가 지난주 목요일에 돌아왔다. 아내는 캘리포니아 로스앤젤레스 공항 3번 터미널을 이용하였다. 초행길이라 아내는 이른 시간인 오전 9시 30분에 도착하여 비행기 표를 받고 나에게 전화하였다. 같이 오는 일행이 있어 기다렸다가 함께 보안검색대로 간다고 하였다. 나는 아내에게 조심해서 안전하게 오라고 하였다.

다음 날인 금요일에 캘리포니아 로스앤젤레스 공항에서 총격 사건이 발생했다. 공항 3번 터미널에서 한사람이 반자동 소총을 무장 발사 했는데 예닐곱 사람이 죽고 다쳤다.

사건 발생시간이 오전 9시 30분경이라고 한다. 나는 이 뉴스를 다음 날인 토요일 오전 9시 30분경에 알게 되었다. 아내는 일하느라고 바쁜 터에 영문도 모른 채 핸드폰 문자들을 이렇게 받았다고 한다.

'주님 은혜를 많이 받으셨네요.', '복이 많으신가 봐요.', '축복받으셨네요.', '주님께 감사드립니다.'…

나는 토요일 오후가 되어서야 이 섬뜩했던 기어들을 새기면서 '감사'의 의미를 찾을 수밖에 없었다. 아내는 이런 감정이 전혀 없이 여전히 일하느라 바쁘다. 나보다는 더 바쁘다.

살다 보면 신에게 감사한 일들이 있게 마련이다. 나이가 들수록 더 많을 것이다. '종교'라는 거창한 본능을 자극하지 않아도 일어난 혹은 지나간 어떤 일들에 신앙적 감사를 한다.

'지키고 싶은 삶'의 모습과 정확히 24시간 뒤의 정반대의 '현실' 사이에 나와 가족이 있었던 것이다. '과학'이라는 이름으로는 설명하기 어려운 '신앙적 믿음'이 나와 가족에게 겸손과 감사를 가르친다.

나는 교회를 다닌다. 그렇다고 칭찬을 받을 만큼 그리 신실하지는 못하다. 나는 여러 강사들이 집회에서 자신의 어려움을 잘 이겨낸 신앙적 간증을 하는 것을 보아왔다.

삶의 많은 어려움을 신앙 안에서 잘 극복하고 그 열매를 또 신앙 안에서 나누는 모습은 참 좋다.

"하느님 감사합니다. '24시간'의 사이를 두고 아내가 안전하게 돌아와 가족들과 함께 지내게 해주심에 감사합니다. 내가 좋은 아내를 만나 지금까지 좋은 가정을 만들고 지키게 하여주심에 감사드

립니다. 군 조종사로 비행하던 시절 위험했던 순간들로부터 나를
지켜주심을 감사드립니다."

도넛
가게

우리 집에서 한 블록 떨어진 큰 길가에 도넛 가게가 하나 있다. 서로 같은 동네에 있으면서도 1년이 지나서야 처음으로 그 가게를 알게 되었다. 한국인 부부가 운영하고 있는데 그 뒤로 자연스럽게 그분들과 친하게 지내게 되었다.

남편 되는 분은 나보다 3, 4년 정도 연장자인데 조금 작은 키에 다부진 체격을 가졌다. 부부는 서로 닮는다고 했는가. 카운터에서 일하시는 아내에게서도 비슷한 인상을 받았다.

주인 부부의 얼굴에는 항상 웃음이 함께하는데 그들은 도넛을 만드는 일이 언제나 즐겁다고 한다. 그래서인지 가게에 있는 도넛과 빵은 여느 가게의 것보다 특별한 맛이 있는 것 같다.

나와 아내는 주말이면 자주 그 가게에 들러서 인사를 한다. 언제부터인가 그 가게의 단골손님 중에 나이 많은 미국사람들과 가벼운 인사까지 하게 되었다.

우리 부부는 그분들의 영업을 방해하지 않으려고 일부러 느지막한 오전 11시쯤에 가게로 간다. 갓 볶아낸 커피를 맛있게 마시며 주인 부부와 한국말(?)로 하는 수다를 떤다. 주인 남편의 고향은 천안 근처라고 하였다. 부모님 집이 성거산 자락에 있다고 한다. 한국을 떠나온 지 오래되었다 하니 그나마 나는 2년 된 따끈한(?) 한국 소식을 전하며 함께 웃는다.

그 도넛 가게는 밤 1시 반부터 도넛을 만들어서 새벽 4시에 문을 열어 손님들에게 팔기 시작한다. 그리고 낮 12시 반에 문을 닫는다고 한다.

오후에는 다음날 사용할 식자재를 구입하고 나면 주로 공원에 가서 운동을 한다고 한다. 오랫동안 서서 일하며 무거운 짐들을 들어서인지 가끔 허리에 통증을 느낀다고 한다. 밤잠을 많이 자는 습관이 있는 나로서는 엄두를 못 내는 생활임에 틀림이 없다.

주인 부부는 한국사람 특유의 부지런함을 그대로 간직하며 가게를 운영하고 있음을 느낄 수 있다. 한국 현대사의 대부분을 장식하고 있는 '부지런함'이 이곳에도 있음을 실감한다.

나도 20, 30대에는 그렇게 생활한 것 같은데 이제는 기억 속에만 있는 것 같다. 그때 나를 지탱하게 해 주었던 생활 모토가 생각난다.

'남같이 하여서는 남 이상 될 수 없다.', '한글 사전에도 일이 먼저, 휴식은 나중'…

주인 부부의 부지런함은 '연중무휴'라는 가게운영 방법에서도 알수 있다. 가게를 처음 시작한 지난 10여 년 동안 딱 하루를 쉬었는데, 그 다음 날 단골손님들이 안부를 물어보는 바람에 대단히 미안했고, 그다음부터 다시는 쉬지 않았다고 한다. 그 도넛 가게는 오늘도 동네 할아버지, 할머니들의 경로당(?)으로 계속 남아 있다.

눈물

:

쉽지만 않을 한 집안의 가장 노릇을 묵묵히 해온 50대 남자에게는 눈물이란 참 부끄러운 것일 게다.

하지만 그에게도 열정적이었던 20대, 30대 때에는 뜨겁게 눈물흘린 적이 적잖게 있었을 것이다. 그러한 눈물들은 40대를 맞아 책임감을 등에 업은 감정억제 증상으로 참고 또 잊고를 반복하였다. 아래로 흘리던 눈물은 말없이 하늘을 쳐다보는 것으로 대신하고 처진 어깨는 주먹으로 대신한다.

돌아보면 나도 예외는 아니었다. 돈이 없어 운 적도 있었고, 친구에게 실망하여 운 적도 있었으며, 직장 상사에게 혼이 나 운 적도 많다.

흘리던 눈물을 소매로 제치며 집에 갈 때면 한 가정의 가장이라는 이름으로 변검처럼 이를 숨겼다. 자녀가 생기고 또 자라나면서 그

변검술은 점점 더 능숙해졌고 한편으로 작지만 기쁨을 발견했다.

적은 월급이지만 잠시 웃었고, 돌아온 친구도 있었으며, 직장상사의 칭찬을 다시 받기도 했다. 그러는 사이에 눈물을 흘리는 시간보다는 이를 감추는 시간이 더 길어졌나 보다.

지금은 갱년기, 노년기를 맞이하면서 눈물이 점점 말라 보인다. 시력도 점점 떨어진다. 아들·딸 결혼하고 며느리·사위를 맞으며, 손자·손녀를 본 친구들에게 눈물은 거의 없을시도 모른다. 나도 그렇게 될 것 같다.

마음으로 바라기로는 기쁜 눈물은 많이 흘리고 슬픈 눈물은 없었으면 한다. 인생을 되돌아보며 흘리는 한의 눈물은 어찌할 수 없겠지만.

어제 오후에 아내와 함께 영화 '국제시장'을 보았다. 참 좋은 세상이 된 것 같다. 예전에는 미국에서 한국영화를 보는 것이 참 어려웠는데 요즈음은 조금만 노력하면 된다.

이렇게 좋은 세상에서 그 영화를 보면서 나도 눈시울이 적시어지는 것을 느꼈다. 아내는 영화를 보는 동안에 여러 번 눈물을 흘렸다.

어느 50대 가장인 한 남자의 십수 년 동안 말라 있었던 눈에 눈물을 고이게 한 영화 '국제시장'. 내가 공부하며 배워 온 그리고 몸소 겪으면서 살아온 시절에 관한 이야기를 보며 나도 울었다.

50년대, 6·25 전쟁터에서 남동생을 찾아 대구, 영천, 안동 등지를 헤매야 했던 나의 어머니. 70년대, 집 나간 아버지를 대신하여 생활비를 벌기 위해 어릴 적부터 일해야 했던 누나, 형들. 80년대,

집안에 돈이 없어 셋째 형의 대학공부를 위해 스스로 의과대학 진학을 포기했던 나.

시간은 또 흘러 내가 한 가족의 가장이 된 지 25년이 되었다. 가족의 미국생활은 4년째가 되어간다. 딸들도 장성하여 열심히 살고, 아내도 직장에서 열심히 지내면서 갱년기를 이기고 있다.

영화 '국제시장'의 해피엔딩처럼 우리 가족들에게도 해피한 일들이 많았으면 좋겠다. 그리고 딸들과 함께 '국제시장' 영화를 다시 볼 수 있으면 더 해피할 것 같다.

작은딸
이사하던 날

오늘은 작은딸이 집을 떠나 대학교 기숙사로 들어가는 날이다. 새벽에 연구실로 출근하여 일들을 확인하고 아침 8시에는 아내를 직장까지 차로 데려다주었다.

오전 10시에 집으로 돌아와서 작은딸의 이삿짐을 차에 싣고 작은딸과 함께 시내로 갔다. 큰딸은 댈러스 시내에 있는 한 법률회사에서 아침부터 취직 인터뷰 중이다. 12시쯤에 끝난다고 해서 데리러 간다.

낮 12시에 두 딸을 태우고 또 한가득 짐을 실은 채 댈러스 시내에 있는 한 태국식당에 들렀다. 세 사람 모두 배가 고팠다. 주문한 음식을 게눈 감추듯이 깨끗이 해치웠다.

다행히 큰딸과 작은딸은 같은 학교에 다니게 되었다. 큰딸은 4년간의 대학원에서 2년 차, 작은딸은 이제 학부 입학을 하게 된다.

큰딸이 생활하고 있는 학교아파트에서 지친 몸으로 20여 분간 꿀 같은 쪽잠을 잤다. 쪽잠 후에 드디어 작은딸이 지낼 기숙사에 가서 방을 확인하고서 짐들을 옮기기 시작했다.

침대에 커버를 씌우고, 시트를 깔면서도 별스런 감정 없이 그냥 짐 정리하는 정도를 느꼈을 뿐이다. 짐들을 다 옮긴 후에 작은딸이 말하기를

"이제는 제가 정리할게요. 아빠는 가서도 돼요."

"응. 그래. 정리 잘하고…."

주차장에서 차를 돌려 돌아오는 길에서야 느낌이 온다. 작은딸이 진짜 집을 떠났구나. 작은딸이 진짜 집을 떠났구나.

오늘 저녁부터 아내는 집에 작은딸이 없어서 많이 서운해할 것 같다. 예전에 늦깎이 사춘기를 보내는 작은딸을 두고 아내와 함께 이를 참으면서 다짐한 것이 있다.

"작은딸이 대학만 가면 지난 시절에 아쉬웠던 신혼 시절로 다시 돌아가 재미나게 살아 봅시다."

"우리끼리 재미나게 지내봅시다."

"…"

그런데 실제로는 그렇지 않을 것 같다. 무덤덤한 아버지인 나도 그렇지 못할 것 같다. 오후 3시에 연구실로 다시 돌아와 일을 계속한다. 5시에 퇴근해서 집에 가면 아무도 없을 것이다. 그동안은 작은딸이 기다리고 있었는데 말이다.

만남과 이별은 가족 간에도 있기 마련인 것을 이제 또 배운다. 작은딸은 큰딸에 비해서 말도 잘 안 듣고 집안 청소도 안 하려 하고 장난기만 많아 걱정이었다. 가족 중에서 그동안 작은딸이 있었던 자리를 새삼 깨닫는다. 그러고 보니 나도 대가족 중에 막내아들이었구나.

아내의
하얀 머리카락들

거울 같은 것이 없이는 자신의 얼굴은 보이지 않는다고 했다지?
하루 중에 내 얼굴을 보는 시간이 30초나 될는지 모르겠다.

마음으로는 20대의 열정과 건강을 지금도 가지고 있다는 환상
아닌 확신으로 생활하고 있지만, 가끔 거울에 비친 주름진 얼굴과
흰 머리카락들을 보면서 가는 세월의 선물을 담담히 받곤 한다.

"이제 그럴 때도 되었지. 자식들 나이가 얼마인데. 그래도 한때는
탱탱하고 맑고 검디검었지…"

그런데 그러한 체념에도 불구하고 요즈음 마음 한구석에는 안타
까움이 생겨났다. 그것은 다름이 아니라 갑자기 다가온 아내의 희
어진 머리카락들 때문이다.

아내도 직장을 바쁘게 다니는 터라 얼굴을 보거나 가꾸는 일에

소홀했을 것을 짐작한다. 아니면 나처럼 세월이 주는 변화를 벌써부터 담담하게 받아들이고 있었는지도 모른다.

평상시 활동적인 아내의 성격으로 보아 그 흰 머리카락들은 무관심의 대상이 되었을 수도 있다.

그러한 아내의 희어진 머리카락들을 보고 갠스레 어린 감정이 생긴 쪽은 바로 남편인 나였다. 아내를 만나 '검은 머리가 파뿌리 되도록' 함께 산고 있는 심 외에는 내세울 사랑이 없기 때문이다.

아내가 혹시 나에게 "고생을 많이 하여 남들보다 빨리 이 지경이 되었다."고 말해도 할 말이 없다. 나 때문에 아내가 여러 번 직장을 바꾼 경력은 이를 자연스럽게 증명해 주고 있다.

오늘 아침 식사 후에 커피 한잔을 하면서 내가 힐끗 쳐다본 아내의 희어진 머리카락들. 어쩌면 그간 내가 만들어 준 고생의 흔적들이 빚어낸 빛바랜 아내의 희어진 머리카락들. 어제까지도 나의 흰 머리카락들을 보며 스스로에게 담담했던 철학적 변명은 연기처럼 사라진다.

미안한 마음을 참으며 아내에게 말했다.

"이젠 당신도 나처럼 흰 머리카락이 많구먼. 염색해야겠어요…"

오늘이 금요일이니 저녁에 직장 퇴근할 때 염색약 하나를 사야겠다. 작은 월세아파트의 좁은 화장실 안에서 내가 아내의 머리카락을 직접 염색해 주려고 한다.

나중에 염색이 잘못되었다고 핀잔을 받을지 몰라도 내가 직접 염색해 주고 싶다. 인생을 같이 보낼 수 있도록 해준 고마움도 있고, 고생을 많이 시킨 미안함도 있기 때문이다.

이국만리 미국에서 떠오르는 노래 하나가 있다. 송창식의 '축가'.

'…검은 머리 파뿌리 되도록 기쁠 때나 슬플 때나 둘이 둘이 둘만이 둘만이 이 세상 끝날까지 함께 살리라…'

졸업
30주년

임 박사께,

세월이 많이 흘렀구나.
그 새 30년이 되었구나.

부끄러운 과거를 가지고
싸우듯이 현재를 살면서도
막연한 미래
꿈 작은 미래를 가지고 지낸 시간이
이렇게 지나갔네요.

다시 한 번 살라면
손사래 치고 거절하고픈 인생인데

얼기설기한 머리카락에
때맞추어 염색하면서
그저 긴 한숨, 작은 웃음으로
인생 여정을 다시 챙깁니다.

5월에 있을 졸업행사에는
아마 못 가겠지요.

동기들 얼굴 담은 사진들이 생기면
보내주시구려.

항상 건강하세요.
또 연락합시다.

댈러스에서 동기 심정인 드림.

강남
스타일

달포 전에 작은딸의 소개로 가수 싸이의 노래 '강남스타일'을 인터넷을 통해 처음 듣고 보았다. 급기야 지난주에는 1억 명이 넘는 네티즌들이 그 노래 동영상을 보았다는 소식을 접했다. 개인적으로는 세계적 인기몰이를 하고 있는 K팝 문화가 다소 과장되었을 것이라는 생각도 있었다. 50세가 다 된 나이를 가진 구세대 사람들에게는 이 '호들갑'에 대한 작은 경계심일 수도 있을 것이다.

지난 주말에 아내와 함께 모처럼 집 옆에 있는 영화관으로 영화를 보러 갔다. 주말 저녁 시간이라 많은 관람객으로 인해 영화관 입장을 위하여 줄을 서서 기다리고 있어야 했다.

우리 앞에 초등학생 같은 어린이 한 명과 젊은 연인 한 쌍이 열심히 핸드폰 게임을 하고 있었다. 화면이 크고 선명하여 뒤에 있던 내가 자연스럽게 볼 수 있었는데 참 재미있었다. 조금 지나 그 핸드폰들의 브랜드를 볼 수 있었는데 모두 한국산인 삼성제품이었다.

그러던 사이에 내 뒤쪽에서 낯익은 노랫소리가 들려왔다. 혹시나 하고 귀를 기울이며 다시금 노랫소리를 들었는데 싸이의 '강남스타일'이었다.

누가 그 노래를 부르나 하고 궁금하여 뒤를 돌아보니 한 초등학생 같아 보이는 인도계 어린이였다. 또렷한 빌음에 "…오빠 강남스타일…"이라고 부르며 언니의 손을 잡은 채 말춤 동작까지 할 기세였다.

나는 반가운 마음으로 "You know the song. I like it too. And you know that is a Korean song." 하였다. 그 아이는 "Yes, 오빠 강남스타일~"라고 했고 그 아이의 언니는 아빠가 인도사람이라고 하였다.

바로 그때 큰 팝콘 봉지를 들고 온 그 아이들의 아빠와 인사를 나누게 되었다. 그가 질문하기를 '강남'이 무슨 뜻이냐고 물었다.

나는 한국의 수도인 서울의 한 지역 이름이라고 설명해주고 가수 싸이에 대해 자랑도 했다. 그 사이에 관객 입장을 알리는 신호가 울리고 우리는 서로 헤어져 각자 상영관으로 들어갔다.

나는 그동안 이 노래의 전 세계적인 그리고 폭발적인 반응을 '호들갑'이라고 생각했다. 그러나 나는 오늘 바로 이 영화관에서 그 '호들갑'을 '폭발적인 반응'으로 바꾸어 생각하기로 했다. 가수 싸이 씨에게도 미안한 마음이 든다.

'K팝 문화'와 '삼성제품' 그리고 내가 타고 다니는 '현대자동차' 등에 그동안 내가 항상 덧붙여 생각하였던 '애국심'을 이제는 떼어 놓아야 할 것 같다. 그것을 참 자랑스럽게 떼어 놓을 수 있는 오늘의 주말 극장 안이 기쁘고 즐거웠다.

오늘 21세기, '가치개발' 시대에서의 애국심은 다른 차원을 가질지 모른다. 오늘 미국 댈러스의 한 주말 극장 안에서 그것을 느낀나, 하지만 21세기의 애국심이 어떠해야 하는지 나는 아직 잘 알지 못한다.

가을비 속
아침 산책

이른 아침, 비 내리는 소리에 잠을 깼다. 오랜만에 내리는 빗소리가 창문과 지붕을 타고 나의 아침잠을 깨우며 침실로 들어 온다.

요사이 아침에 일어나면 따뜻한 차 한 잔을 마시면서 아내와 함께 산책한다. 오늘은 비 때문에 아침 산책을 못 하겠구나 싶었는데 빗줄기가 그리 크지 않아 보였다.

아내는 산책가자고 하고서는 이내 얼굴에 수건을 걸치고 또 창이 큰 모자를 쓴다. 작은 가랑비를 맞으며 동네 주변을 감싸고 만들어진 산책로를 따라 맑은 공기 마시며 산책을 한다.

어렵게 지냈던 옛날이야기도 하고 요사이 일어나는 일들을 두고 작은 담소를 나눈다. 아침 해는 그리 멀지 않은 나무숲 사이에 숨어 있다가 우리를 보고서야 나타난다.

어제 방송에서 본 '건강하게 걷는 법'에서 배운 대로 고개는 들고, 가슴은 펴고, 팔길질은 크게 하고….

아내는 나잇살이 있어 앞, 뒤, 좌, 우가 충실한 전형적인 풍만 체격을 가지고 있다. 결혼하여 두 아이를 낳아 기르는 동안에 생긴 자식살, 20년을 넘게 남편을 뒷바라지한 남편살, 두 아이를 공부시키느라 빠듯했던 살림 때문에 생긴 고생살, 그리고 타고난 식성 탓에 무엇이든 길 먹고 있양화시키는 데 타일힌 유전살블이 합쳐져 있을 세다.

어제부터 아내는 건강한 체질로, 결혼 전의 몸매로 돌아가기 위한 다이어트를 새로이 시작했다. 체내독소 제거, 탄수화물 줄이기, 소식, 다식 등을 실천하기 시작했다.

나는 아내를 위하여 목표 달성과는 상관없이 무조건 응원하기로 했다. 그 덕분에 나도 건강해질 수 있을 것이기 때문이다.

가을비 속에 아침 산책을 하면서 아내는 다이어트에 대해 이야기한다. 25년 전인가, 아내를 만나 연애하면서 걸었을 가을비 우산 속 기억은 까마득하기만 하다.

세월은 이렇게 많은 것을 바꾸어 버리는 것 같다. 눈에 보이는 체형도 바꾸고, 대화거리도 바꾸고 산책 장소도 바꾼다. 그렇지만 나에게는 세월이 지나도 변치 않고 잊히지도 않는 것들이 조금 더 있었으면 한다.

가을비 속 아침 산책에는 내가 있고, 아내도 있으며 수건과 모자가 있고, 또한 포근한 산책로도 있다. 이런 따뜻한 것들은 세월이

100차선 희망

지나도 변하지 않았으면 좋겠다. 밝아오는 아침을 맞이하는 이런 내 마음도 변하지 않았으면 좋겠다.

지금까지 간직해 온 가족에 대한 내 마음도 변하지 않았으면 좋겠다. 가을비가 그친 후의 다음 날에도 아내와 아침 산책을 계속할 수 있으면 좋겠다.

댈러스의
가을

모르는 사이에 댈러스에도 가을이 왔다. 출근하면서 느끼는 바람의 쌀쌀함도 그렇고 가로수 나무들의 멋쩍은 단풍도 그러하다.

한국처럼 요란하지도, 장렬하지도 못하면서 여름내 지친 몸과 마음이 그저 쉬고 있는 것 같다. 지난 일요일에 있었던 서머타임 해제 덕분에 생활 흐름에 잠시 여유도 생겼다.

조금만 일찍 일어나면 까만 밤하늘을 보는 여유도 있다. 하지만 그 효과가 일주일이나 갈지 모르겠다. 멋스럽지는 않지만 그래도 가을이라고 이런저런 상념도 생긴다.

한국에 계신 연로하신 어머니,

몇 해 동안 못 가본 아버지 산소,

무릎 수술을 받았다던 둘째 형님,

처제네 김치 회사에서 새로 출시한 간장게장,

아내를 처음 만났던 설악산, 속초시 그리고 동해바다….

지금 내 나이 50세. 인생 계절로 보면 한여름을 지나 입추에 다다른 느낌이다. 몸은 힘 빠진 기색을 인정하면서도 마음은 젊은 시절 축구선수 그대로이다.

이게 사람인가 보다. 연구실 안에서는 세상에서 가장 열심히 연구하는 사람처럼 가장하고, 집에서는 직장에 다니는 아내를 대신해 온갖 가정일을 마다치 않고 하는 억척 남자처럼 가장한다.

이게 사람인가 보다. 꾸밈없이 솔직한 그러면서도 재미없는 댈러스의 가을 앞에서 한국에서 온 한 중년 남자의 가장행렬이 계속되고 있다.

이번 주말에는 가장행렬을 멈추고 잠시라도 쉴 수 있을까? 아내와 함께 가을 단풍이 보이는 호수에라도 갈 수 있을까?

댈러스 가을이 지나가고 있다. 나의 시간도 지나가고 있다. 돌아오는 주말에는 세월을 마주하고 아내와 함께 가을 커피 한 잔을 마시고 싶다.

보급품 교회
(침례신앙 간증문)

⋮

군대에서 단체생활을 시작하자마자 보급품 하나를 지급받았다. 그것은 종교생활, 즉 각자 한 종교단체에 가입하여 매주 수요일 저녁에 종교생활을 하는 것이었다. 나의 신앙생활은 그렇게 보급받은 교회에서 시작되었다.

군인에게 보급품이란 전투에서 승리하거나 살아 남는 데 필요한 각종 물품을 두고 하는 용어이다. 총이나 칼 같은 전투 장구도 있고, 군인의 일상생활에 필요한 옷가지나 식기 등 생활용품도 있다.

보급품은 전투에 승리하는 데 꼭 필요하기도 하지만 평소에 군인 다운 생활을 가능하게도 해준다. 그 당시 내가 받은 보급품 교회는 이렇게 나와 만나게 되어 지금까지 30년을 넘게 함께하고 있다.

그동안 나는 그 보급품 교회에 참 많은 미움과 시련을 안겨준 것 같다. 보통의 생활 그리고 스스로 만족하는 생활 중에는 그것을 어딘가에 내버려 두고 찾지도 않았으나, 조금이라도 힘들고 어려운 일들이 생기면 늘 그에게 원망하고 무책임, 무능력을 비판하였다.

군에서 지내는 동안에 많은 선배, 동료, 후배들이 비행사고 혹은 다른 사고로 내 곁을 떠났다. 특히 내가 젊어서는 지금의 아내를 만나기 전부터 이런 일들을 겪게 되었다.

어제까지, 몇 시간 전까지 서로 얼굴을 맞대고 웃던 이들의 보급품들을 유품으로 정리하기도 했다. 그렇게 내가 멸시하고 내버려 두었던 보급품 교회는 일 년 중 가끔씩 내 곁에 다시 나타나곤 했다.

동작동 국립묘지를 찾는 날은 특히 보급품 교회를, 내 마음속에 숨겨둔 신앙을 찾는 날이 된다. 그 동료의 삶을 더하여 내가 2인분 인생을 살게 해 달라는 요청을 그 보급품 교회에 하곤 하였다.

하지만 그 보급품 교회는 나에게 대답하지는 않았다. 세월이 많이 흘러 24년간의 군 생활을 무사히 마치고 전역을 하게 되었으며, 그동안 아내를 만나 결혼도 하고 귀한 자녀들도 얻게 되었고, 또한 과학자의 자격도 얻게 되었다.

그 보급품 교회는 말을 하지는 않았지만 내 삶 속에서 나를 지켜주고 나의 요청을 들어 주었다. 오늘 우리 가족 모두와 함께 댈러스에 있는 한 한인교회에서 침례를 받는다.

내 마음속에 꼭꼭 숨겨두고 찾지 않았던 그 보급품 교회를 내 인생의 햇볕 아래로 꺼내는 시간이다. 내 안의 원망과 비판을 믿음, 소망 그리고 사랑으로 바꾸어준 보급품 교회에 감사하고 싶다.

'단체로 가는 데라면 천당이라도 안 간다'고 하였지만, 우리 가족이 단체로 침례를 받는다. 젊은 시절 혼자일 때 보급받은 세례에서 지금은 가족 모두 침례를 받는 참 감사한 시간을 갖는다. 침례를 통하여 우리 가족의 사랑과 믿음과 소망이 더욱 커지기를 기도하며 이에 감사드린다.

동네
한 바퀴

더운 여름 날씨 동안에 중단하였던 조깅을 지난주부터 다시 시작하였다. 이른바 동네 한 바퀴다. 하루의 일을 마치고 퇴근하여 내가 사는 아파트에 오면 오후 5시를 조금 지난다.

운동복으로 갈아입고 집을 나서는 시각은 대략 5시 30분. 집 앞의 작은 도랑을 따라 걸으면서 스트레칭을 하고 몸을 푼다. 곧이어 달리기를 시작하는데 동네골목을 따라 여기저기를 달려서 다시 집에 온다.

아직까지는 해가 길기도 하고 햇살도 있어서 그런지 몸에는 금방 땀이 나기 시작한다. 차츰 속도를 내어서 달리다 보면 서로 다른 생각들이 교차하면서 마음의 갈등을 일으킨다.

젊었을 때 쾌속질주하던 마음에 사로잡혀서 더욱 속도를 내고 싶다. "달려라. 달려."

나이 50세가 되어 몸속 윤활유가 줄고 스테미너도 줄었으니 조심해라. "몸조심해. 현실을 봐."

'달려라. 달려.'와 '몸조심해. 현실을 봐.'의 경계에 서서 외줄 타기를 하는 광대 같은 생각으로 달린다. 내가 살고 있는 동네는 무척 한적하다. 어린아이를 둔 젊은 부부가정들과 자녀들과는 떨어져 사는 노부부 혹은 혼자 사는 노인들이 많다.

이른 아침에는 아이들이 학교에 가고, 젊은 부부들은 직장에 가느라 바쁘고 분주하다. 노부부와 혼자 사는 노인들은 대부분 이때에 동네 산책을 하는데 이 또한 분주해 보인다.

저녁에 해가 지고 나면 노인들이 일찍 잠을 청하는지 참으로 조용한 밤이 된다. 아마도 내가 조깅을 하는 시간대는 이 동네에서 가장 조용한 때일 것이다.

동네를 한 바퀴를 도는 동안에 만나는 사람은 보통 두세 사람을 넘지 않는다. 젊은 부부들과 아이들은 아직 집에 오지 않았고 노인들은 더운 햇살 때문에 집을 나오지 않는다.

나만이 운동복에 동네 한 바퀴. 조깅을 하는 동안에 되도록 많은 사람들이 나를 보아주고 인사해 주기를 바라는 마음이 없지 않다.

하지만 나 홀로 동네 한 바퀴. 이런 조깅처럼 지금껏 살아온 내 인생에서도 나를 알아주는 사람들이 많기를 바랐을 것이다. 내가 건강해지고 잘되자고 했던 조깅같은 인생에서 많은 관객을 은근히 바랐던 것이 아닐까. 박수 쳐주는 관객들로 인하여 나의 인생이 만들어지지는 않는다는 것을 알면서도 말이다.

　동네 한 바퀴를 달려서 집에 돌아오면 땀에 흠뻑 젖은 몸, 건강해진 몸이 나를 축하해 준다. 그러나 관객들은 없다. 이런 조깅처럼 앞으로 있을 내 인생에서도 관객들은 별로 없을지 모른다. 그게 인생일지 모른다.

3. 삶에서 배웁니다

높이 나는 새
앨버트로스

．
．
．
．
．
．
．
．
．
．
．
．

오래전 '내셔널지오그래픽'에서 읽었던 앨버트로스에 관한 글을 얼마 전에 다시 보게 되었다. 맞벌이하는 우리 부부가 미국에 살면서 유일하게 같이 하는 골프운동에서도 앨버트로스가 나온다.

지난주에 있었던 교회 목사님 설교 때에도 앨버트로스가 등장하였다. 우리 가족의 마스코트 새를 생각하고 있었는데 마침 앨버트로스로 하고 싶은 마음이 든다.

앨버트로스는 지구상에서 가장 큰 새지만 높이 그리고 멀리 날 수 있는 새이다. 그가 날개를 펴면 그 길이가 3m를 넘고, 날갯짓 없이 활공으로 수백 ㎞를 날 수 있다고 한다.

두 달 정도를 날게 되면 지구를 한 바퀴 돌 수 있고, 날면서도 잠을 자며 좌·우측 뇌가 교대로 작동한다. 알에서 깨어난 새끼 앨버트로스는 바닷물을 떠다니면서 비행하는 방법을 스스로 배워야 한다.

그러는 동안에 천적인 표범상어의 먹이 표적이 되는데 이로부터 필사적으로 살아남아야 한다. 골퍼들이 평생을 바쳐도 이루기 힘든 앨버트로스의 기적이 여기서 유래되었을 것이다. 살아남아 어른이 되면 한 번에 50일 동안 쉬지 않고 날 수 있으며 수명은 80년이 넘는 것도 있다.

하지만 땅 위에 있는 앨버트로스는 상황이 나르다. 큰 몸집 탓에 고개를 흔들며 잠수사의 물갈퀴 같은 넓적한 발을 가지고 어기적, 뒤뚱거리며 걷는다.

사람들은 앨버트로스를 손으로도 포획할 수 있으며 낚싯바늘로 쉽게 잡을 수도 있다. 이 때문에 앨버트로스는 오래전부터 멸종위기를 맞고 있고 세계적으로 보호되고 있다.

알려지기로는 전 세계에 약 24종의 앨버트로스가 살고 있는데 육지와는 멀리 떨어진 바다에서 살고 있다. 앨버트로스는 먼바다에서 모진 풍파를 맞으면서 일생을 보내고 있다.

짝을 만나 평생 해로하는 습성을 가지고 2년마다 단 하나의 알을 키우며, 부모가 교대로 보호한다. 새끼에게 줄 먹이를 구하려고 1,500㎞가 넘는 거리를 날기도 한다.

어느 폭풍이 불어오는 날, 어린 앨버트로스 한 마리가 바위꼭대기에 엉거주춤거리며 서 있다. 멀리 바다 한가운데 폭풍에서 몰아쳐 오는 바람을 향하여 자신의 몸을 맡긴다.

100차선 희망

폭풍 같은 세찬 바람을 이용하여 하늘을 난다. 많은 다른 새들이 몸을 피해야 하는 폭풍 앞에서 당당히 맞서서 이를 이용하여 하늘을 난다. 땅에서는 미련할 정도로 느리게 걷지만 한 번에 수백 아니 수천 ㎞를 날 수 있고, 그렇게 높이 그리고 멀리 날면서도 바람을 이용한 비행으로 에너지를 거의 소모하지 않는 새. 앨버트로스의 다른 이름은 신천옹(信天翁)-하늘을 믿는 노인-이다.

우리 가족도 앨버트로스 새처럼 하늘을 믿고, 다가오는 시련에도 당당히 맞서며, 바다같이 넓은 인생에서 높이, 멀리 날며, 그리고 멋진 인생비행을 할 수 있으면 좋겠다.

세 가지
일

....

작은딸에게.

축하한다. 마침내 고등학교를 졸업하는구나.

전쟁터의 군인같이 시간, 공부, 그리고 성적에 대적하여 하루하루를 뺏고 빼앗기고 했구나.

지난 수년간의 공부전쟁터에서 몸과 마음을 지키고 '대학'이라는 고지(?)를 점령한 것을 축하한다.

하지만 네가 곧 알게 되겠지만 뒤돌아보면 아무것도 남아 있지 않을 것이다. 단 두 장의 종이만을 제외하고.

그것은 고등학교 졸업장과 대학교 입학허가서일 것이다.

그동안 나름 큰 수고를 하였으니 몸과 마음에 휴식을 줄 수 있는 잠시의 시간을 가지기 바란다.

막상 휴식하려고 하여도 그동안 제대로 휴식을 해본 적이 없으니 약간은 서먹할 수 있을 것이다.

그런 다음 재정비된 몸과 마음으로 활력 넘치는 20대의 인생을 잘 설계하고 계획해 주기를 바란다.

지난 동안 네가 건전한 삶의 울타리를 벗어날까 봐 내가 훈계와 성냄으로 밀착 감시한 것이 사실이다.

그러나 이젠 엄마, 아빠를 떠나 스스로 자신을 밀착 감시하며 네 인생의 책임 있는 주인이 되기 바란다.

네 인생의 책임 있는 주인이 되기 위해 엄마, 아빠가 경험한 지혜를 전한다.

그것은 앞으로 너에게 일어나는 일들을 정의하고, 구별하며 또한 이를 잘 선택하는 일일 것이다.

이와 같은 과정은 미술 혹은 음악과 같은 예술로서 이해해 주면 좋겠다.

잘 정의된 색깔의 물감들이 선택되어 서로서로 조화를 이룰 때 우리는 이를 '명화'라고 한다.

네 인생의 그림작품도 각각의 색들이 의미 있게 섞이고 조화롭게 있는 명작이 되기를 바란다.

각각의 물감들이 의미 없이 섞이어 검은색으로만 된 볼품없는 작품이 되지 않기를 바란다.

또한 만들어진 모양과 음색이 다른 악기들 수십 개가 모여서 멋진 음악을 연주하는 것과 같은 교향곡 인생을 만들기 바란다.

이를 위해서 다음 세 가지 일을 항상 기억하고 힘들 때나 어려울 때 이를 더욱 새기기 바란다.

'내가 하고 싶은 일', '내가 할 수 있는 일', '내가 해야 하는 일'이 그것이다.

이러한 일들은 고정된 것이 아니라 시간이 지남에 따라, 지식과 지체가 커짐에 따라 변화될 것이나.

이 세 가지 일이 하나로 연결되면 인생의 가치를 세우고 찾는 데 좋은 안내자가 될 수 있을 것이다.

'내가 하고 싶은 일을 내가 할 수 있는 일로 만들기 위하여 지금 내가 무슨 일을 해야 하는가?'

다시 한 번 고등학교 졸업을 축하한다.

이제부터 네가 바라는 행복한 가정을 위해서 몸과 마음을 귀하고 가치 있게 만들어주기 바란다.

이제 엄마, 아빠는 네 인생에서 앞에 있는 사람들이 아니라 뒤에 있는 사람들이다.

뒤에 있는 사람은 앞서 달려가는 사람보다 조금은 넓게 볼 수 있으니 언제든 이용하면 좋겠다.

지금부터 우리 작은딸은 대학생….

인생
사분법

아빠가 점심을 먹고 나서 잠시 짬을 내어 작은딸에게 편지하나 적어 보낸다.

요즈음 우리 가족들 모두가 각자 생활에 충실하고 열심히 지내는 것 같아 마음 든든하게 생각한다.

아빠는 특히 우리 작은딸을 보면서 대학생이 된 이후로 더욱 성장한 것을 느낀다.

너는 잘 모르지만, 아빠는 네 얼굴에 웃음이 많아졌고, 언행에 진지함이 묻어 나옴을 느낀다.

스스로 만족하고 모두가 축하해 주는 진짜 인생을 준비하는 대학생활이 되었으면 하고 바란다.

요즈음 우리 집안에서는 아빠만 잘하면 될 것 같은 생각이 든다.

우리 큰딸, 작은딸은 물론이고 엄마도 직장생활을 즐겁고 기쁘게 하고 있으니 더욱 그렇다.

엄마, 아빠가 조금만 더 열심히 하여 우리 가족이 지낼 수 있는 집을 장만하면, 그 집의 차고에는 아빠의 개인연구용 실험실을 만들어 보려고 한다.

물론 직장생활을 겸하면서 할 것이다. 아빠는 5년 계획을 세우고 차근히 실천해 가려고 한다.

우리 작은딸도 4년간의 대학생활을 잘 계획하여 알차게 보내기 바란다.

일전에 보여 준 일과진행표는 잘 활용하고 있는지 모르겠다. 하루를 지내면서 생각 없이 혹은 가볍게 써버릴 수 있는 시간들을 모으면, 미래를 위해 투자할 수 있는 시간들을 충분히 그리고 언제든지 마련할 수 있으리라 믿는다.

나는 그것을 스스로 실천하려고 노력한 경험이 있는데 이것은 어떤 재물과도 바꾸지 않을 것이다.

'천 리 길도 한 걸음부터', '한 방울의 물은 적어도, 차고 차서 큰 병을 채우나니(불교 경전: 『법구경』).'

아빠가 작은딸에게 전해주고 싶은 이야기가 하나 있다. 그것은 '인생 사분법'에 관한 것이다.

인생의 ¼은 자신의 현재를 위하여(공부 또는 힘든 일을 한 후에는 꿀잠을 자고 휴식한다), 인생의 ¼은 자신의 미래를 위하여(가치 있는 목표 달성을 위해서는 지식과 경험이 필요하다), 인생의 ¼은 자신의 가족과 친지를 위하여(가족, 친지들과 희로애락(喜怒哀樂)을 함께 한다), 인생의 ¼은 자신이 속한 지역사회를 위하여(공동체를 위해 지신의 시간과 열정을 할애할 줄 안다).

아빠의 경우는 마지막 ¼에 대해 아직 자신이 없구나. 친지들과의 희로애락에도 자신이 많지 않다.

학점을 잘 받기 위한 과목공부는 최선을 다해 잘해야 하지만 자신의 미래를 잘 가꾸어 갈 수 있는 폭넓은 인품과 지적인 능력을 갖기 위한 노력 또한 함께해 주기를 바란다.

결국 인생의 절반이 자신의 현재와 미래를 위하여 쓰일 수 있는 지혜와 실천이 있어야 한다.

요약하면 '하고 싶은 일들을 할 수 있게 하기 위하여 지금 내가 무엇을 해야 할 것인가.'다.

요즈음 날씨가 갑자기 추워졌구나. 감기들지 않도록 조심하고 항상 건강하게 생활하기 바란다.

그리고 지난번에 기숙사 언니 방을 꾸미는 큰 수고에 감사. 돌아오는 주일 아침에 보자꾸나.

이만 줄인다.

아빠가.

(그로부터 2년 뒤에 우리 가족은 새집을 가지게 되었다.)

인생
수업

....

얼마 전, EBS 교육방송에서 인생수업을 위해 네팔여행을 떠난 두 사람의 여성에 관한 다큐멘터리를 보았다. 한 사람은 30대에 베스트셀러 소설을 쓴 작가이며, 또 한 사람은 40대 연극배우이자 연출자였다.

그들은 살면서 역경과 시련을 많이 경험한 가운데 삶에 대한 부정적 태도와 두려움이 있다고 한다. 그런 두 사람이 스스로 가진 부정적인 태도를 극적으로 전환하기 위한 다큐멘터리 '인생수업'을 간 것이다.

그들은 네팔에 있는 여러 지역을 방문하면서 지체 장애아를 키우는 부모, 의료선교를 하는 80세를 넘긴 한국인 의사, 한국에서 외국인 노동자로 12년을 일하고 고국 네팔에서 정착한 '슈라'라는 사람을 차례로 만난다. 주인공 두 사람이 그들 모두에게서 받은 공통의 메시지는 바로 '긍정과 만족 그리고 희망'이라고 하였다.

주인공 두 사람은 여행객 숙소를 찾던 중에 길을 잃고 있다가 마침 주위를 지나는 '슈라'를 만났다. 한국말이 유창한 그는 주인공 두 사람을 자기 집에 초대하여 머물게 하고 식사 대접도 해 주었다.

저녁 식사 도중에 한 사람이 슈라에게 물었다. "한국에 있는 동안에 힘들었던 일들은 없었나요?"

잠시 머뭇거리던 '슈라'는 이렇게 말했다.

"좋은 일들도 많았고 힘들었던 일들도 많이 있었습니다. 천만 원이 넘는 월급을 못 받고 떼인 적도 있었고, 심한 욕설을 하며 일을 시키는 사장들도 있었습니다.

하지만 참자고, 꾹 참자고 다짐하고 또 다짐하면서 지냈습니다. 인생에는 나쁜 일도 있고 좋은 일도 있잖아요?

참고 견디며 열심히 돈을 모았습니다.

그래서 내 나라에 다시 와서 결혼도 하고 좋은 집도 짓고 이렇게 염소 농장도 가지게 되었습니다. 지금은 모든 것이 다 좋았던 것 같아요. 저는 지금 이렇게 행복하게 삽니다."

'슈라'의 말을 듣는 동안에 주인공 두 사람의 글썽이던 눈가에는 어느새 함박웃음이 피어오른다.

가장 순수하고 진솔한 '슈라'의 삶 속에서 무엇과도 바꿀 수 없는 '인생수업'의 가치를 배운다.

"인생에는 나쁜 일도 있고 좋은 일도 있어요. 희망을 갖고 참고 이겨내는 것이 인생이지요."

여느 성현의 가르침에 비기어도 부족하지 않은 지혜를 진심 어린 친구에게서 듣는 이 순간. 지구 반대편에서 동시대를 살아가는 동료에게서 듣는 경험적 인생 가르침.

삶에 대한 부정적인 태도가 많았던 주인공 두 사람은 자신들의 삶을 다시 소명하고 계획한다.

그 어딘가에 해가 비치면 햇볕과 그림자는 항상 동시에 존재한다. 우리는 햇볕을 가까이하고 그림자를 멀리하며 때로는 해가 비치는 방향을 바꾸는 노력을 하자. 긍정적인 마음은 만족을 가져다주고, 희망을 가지면 참고 이기는 힘을 가져다준다. '슈라'처럼.

때문에 인생
덕분에 인생

．
．
．
．
．
．
．
．
．
．
．

    도시의 가난한 집안에서 1녀 4남의 막내로 태어난 나는 어려서부터 사람들의 눈치를 보면서 자랐다. 많은 사람들 앞에 나서서 말하기를 겁내는 '광장공포증'이 있었고, 약간의 말더듬증도 있었다.

    나이 터울이 많은 형들의 감정 섞인 말들을 고스란히 받았지만 나의 생각은 말조차 꺼내지 못했다. 그래도 착하신 엄마 덕분에 가끔씩은 마음에 쌓인 화를 엄마에게 다 풀어 놓았던 기억이 있다. 중년이 된 나는 지금도 어머니보다 엄마가 더 좋다.

    나의 형들은 성격이 모두 특이하고 하나같이 다른 개성을 가진 사람들이다. 큰형은 부드럽고 온화한 태도를 가졌지만 판단력과 추진력이 부족하였고 특히 책임감이 아쉬웠다.

    둘째 형은 카리스마가 넘쳤고 비판적이었으나 책임감이 강하고 문제 해결에 앞장서는 편이었다.

셋째 형은 영리하고 낙천적이었지만 이기적이었고 땀 흘리며 노력하는 것이 부족했다.

그 덕분에 나는 필요한 성격들을 형들로부터 모자이크처럼 벤치마킹하며 배운 느낌을 지울 수 없다.

개성이 뚜렷한 형들 덕분에 나의 성격과 인생이 조화롭게 꾸며졌다고 지금도 믿고 있다.

큰형에게서 부드럽고 온화한 태도를 배웠고, 둘째 형에게서 추진력과 책임감을 배웠다. 셋째 형에게서는 살면서 만나는 이해관계들 앞에서 그리 큰 손해를 치르지 않는 방법을 배웠다.

가난한 집안에서 나이 어린 막내가 성장하면서 경험한 좋은 '덕분에' 인생이 이를 두고 한 말일 게다.

부끄러운 말이지만 우리 주변에서 누군가는 그리 자랑하기 어려운 인생 모습을 보여 줄 때가 있다. 부모의 돈으로 사업을 시작했지만 계속되지 못한 금전적 지원 '때문에' 폐업과 전업을 계속했고, 고부간의 갈등이 있었기 '때문에' 이혼을 했으며, 형제간에도 경제적 도움이 부족했기 '때문에' 성공하지 못했다는 말이 입에서 떠나지 않는 사람들.

심지어 내가 유학을 마치고 귀국한 다음 날 나에게 사업자금을 빌려달라고 말했던 사람도 있었다. 50줄을 넘긴 나의 인생길 앞에 그동안 알게 모르게 나에게 매여 따라온 두 개의 인생 바구니가 있다.

하나는 '덕분에' 인생 바구니이고, 다른 하나는 '때문에' 인생 바구니다.

'덕분에' 인생 바구니는 작고 초라하며, 볼품 하나 없는데 그 속에 담긴 것들도 작디작아 보인다.

'때문에' 인생 바구니는 크고 근사하며 그 속에 담긴 것들도 얼마나 많은지 모른다.

이제는 '덕분에' 인생 바구니에 많은 것들을 담고 싶다. 할 수만 있다면 '때문에' 인생 바구니를 버리고 나의 남은 인생길을 가고 싶다.

인생이란 것이 그렇지 못하기 때문에 둘 다 끌고 나의 인생길을 간다. 하루하루가 지날수록 나의 '덕분에' 인생 바구니가 점점 커지고 무거워졌으면 좋겠다.

'때문에' 인생 바구니에는 아무리 작은 것이라 하여도 이제 더 이상 담지 않았으면 좋겠다.

낙타처럼
가자

낙타는 사막을 이동하는 데 유용한 운송수단이 되는 포유동물이다. 물이 없어도 몇 달 동안 견딜 수 있고 먹을 것이 부족할 때에는 동물 뼈, 가죽 텐트까지 먹을 수 있다.

위는 3개나 있으며 먼저 삼킨 후에 나중에 입으로 되가져와서 충분히 되새김질하여 소화시킨다.

사막에 적응하여 땀을 적게 흘리고 발바닥에는 큰 깔창 같은 것이 있어 모래밭에 빠지지도 않는다. 때때로 만나는 사막 같은 나의 인생길에서 낙타처럼 살고 싶은 마음 간절하다.

육체적으로 혹은 정신적으로 어려움을 당하더라도 잘 이겨낼 수 있는 낙타의 강인함을 갖고 싶다. 눈물 젖은 빵을 삼킬 때도 눈물을 보이지 않으면 좋겠다. 내일을 위해 시간을 아끼고 주변의 유혹에 빠지지 않는 지혜를 가졌으면 좋겠다.

낙타는 장거리 이동이 탁월하여 하루에 100㎞가 넘는 길을 십수일 동안 계속갈 수 있다. 필요할 경우에는 60㎞/h가 넘는 속도의 단거리 실력도 갖추고 있다. 500㎏이나 되는 짐도 거뜬히 실어 나를 수 있다. 걷는 방식도 여느 네 발 달린 동물들과는 다른 조로모리식으로 한쪽의 앞뒤 두 다리가 함께 나간다.

나의 장거리 인생길에서 나도 지구력이 있으면 좋겠다. 하지만 주어진 임무와 문제 앞에서는 밤새우며 해결할 수 있는 단거리 질주력도 있으면 좋겠다.

아무리 무거운 인생의 짐이 있더라도 거뜬히 감당할 수 있는 인내심이 많으면 좋겠다. 내 인생에서 남을 따라 하지 않고 나만의 멋과 향기를 낼 수 있는 자긍심과 여유가 있으면 좋겠다.

낙타는 아랍이나 북아프리카 사막 지역에서는 매우 귀중한 동물이다. 모든 부위는 고기로 먹을 수 있으며 젖은 마시는 우유를 대신 하기도 하고 또 털은 가죽으로 쓰인다. 뼈는 비싼 값의 장식품 재료가 되고 그 똥은 말린 후 연료로 사용한다.

쉽지 않은 나의 인생길이지만 그 인생가치를 이야기할 수 있는 지혜를 얻고 싶다. 나의 가족, 친구와 동료, 나의 지역사회, 내 국가 사회에 선행을 보태는 사람이 되고 싶다.

내가 아닌 다른 사람들을 통해서 나의 인생이 기쁘게 이야기되면 좋겠다. 낙타가 사람에게 주는 아낌없는 풍성한 선물들처럼 내 인생의 종착역도 그렇게 되면 좋겠다.

내 인생에서 서두르지 않고 가면서도 먼 길을 가고 있으며 내일을 위해 오늘을 아끼고 또 모은다. 내 인생의 짐도 내가 짊어지고 인내하면서도 나만의 멋을 찾는다.

내 인생의 이야기가 사람들 가슴속에 가치 있는 기억으로 남도록 오늘을 살며 간다.

낙타처럼 긴다.

가족이란 말의
의미

　

살면서 가족이라는 말은 많이 하지만 정작 가족이 무엇이고 어떤 가치가 있는지 알려고 하지 않았다. 태어나 보니 가족이란 것이 있고, 결혼하여 살다 보니 가정이 만들어지고, 새 가족이 생겼다.

가족이 무엇인지 알지 못하면서도 가족에 대한 무한책임 같은 것을 받아들이고 땀 흘리며 지내왔다. 나이 50세가 넘고 자녀가 장성하면서 어쩌면 가족에 대한 책임 같은 것이 다소 줄어든 느낌이 든다.

요즈음 작은 글들을 쓰기 시작하면서 자주 떠오르는 말이 가족이다. 태어나 한 번도 의심해본 적이 없는 가족이란 말이 살아온 내 삶에 어떤 의미가 있는가. 가족이란 언제부터 생겼나, 가치 있는 가족이란 어떤 가족인가, 나의 가족은 행복한가 등.

책을 보니 가족이란 일반적으로 혈연관계를 중심으로 한 가장 기본적인 인간사회집단이라 한다. 입양이나 친척 같은 느슨한 혈연관계가 많은 요즈음에는 가족이란 말은 혈연 그 이상인 것 같다.

인류사회가 발달하기 전에는 아무래도 느슨한 혈연관계나 이해중심의 가족이 더 많았을 게다. 이해중심의 가족은 아마도 생존에 필요한 무력도구들을 가지고 있었을 것이다.

중앙집권사회로의 변화는 이해중심의 가족들이 소유한 무력도구의 해체를 가져왔는지 모른다. 중앙집권사회는 무력도구를 최소화하는 혈연관계중심의 가족을 선호하고 지원했을 것 같다.

내가 살고 있는 이 시대에서 나와 내 가족은 어떤 의미와 책임이 있을까. 어느 사람들처럼 내 부모로부터 물려받은 가족의 가치는 가난으로 인해서 많이 약화된 것 같다. 부모는 자녀를 부양할 능력이 모자랐고, 형제들은 어린 나이부터 생계를 위하여 일해야 했다.

재능과 적성보다는 돈을 벌 수 있는 직장을 선호하고 돈벌레, 일벌레의 별명을 달갑게 받았다. 결혼하여 새 가족을 꾸리면서 가난의 대물림을 부끄럽게 여기며 일에는 밤낮을 가리지 않았다.

행복한 가족이 꿈이었지만 현실은 나의 피붙이에게 생존수단을 전해주는 일에 최선을 다한다. 누구는 돈을 가지고, 누구는 지식을 가지고, 누구는 권력을 가지고 이에 충실하려고 한다.

나도 예외는 아니라 여긴다. 정도의 차이는 있겠지만. 돈, 지식, 권력 같은 것들이 어쩌면 먼 옛날의 무력도구들과 비슷한 속성이 있는 것이 아닐까.

가족이란 내가 가진 사회적 생존수단들을 가장 값없이 물려주고 싶은 사람 관계가 아닐까 한다. 가치 있는 가족이란 구성원들이 자신으로 인해 손해 보는 일이 없도록 노력하는 가족이 아닐까 한다. 행복한 가족이란 가치 있는 일들에 관하여 대화, 웃음, 그리고 격려가 물 흐르는 가족이 아닐까 한다.

어쩌면 이런 것들마저도 가족에 대한 섣부른 표현일지도 모른다. 이 세상에서 하나밖에 없는 우리 가족이 이렇게 건강하고, 가치 있으며 행복한 가족이 될 수 있도록 신께서 항상 도움 주시고 살펴주시기를 간절히 기도한다.

카톡
이야기

· · · · · · · · · ·

막내 처제, 큰 형부입니다. 오늘은 큰언니의 결혼기념일.

누구㉮하고 결혼해서 사는지 알 수 없지만, 그 후로 25년이란 세월이 지났네요.

그사이 애들은 자라서 숙녀가 되었고 초등학생이었던 막내 처제는 나이 서른을 넘은 지 오래되었네요.

내 머리에는 하얀 서릿발이 내리고 또 내리고…. 요사이 나는 글적으며 옛 추억을 되새기곤 합니다.

막내 처제와 여수 어머님 사이에 말다툼까지 이르게 한 어머님의 10년도 더 된 낡은 옷과 운동화.

나는 그것들이 어쩌면 어머니가 간직하고 싶은 추억들이 아닌가 생각합니다.

100차선 희망

돈이 없어서라기보다는 젊어 홀로 된 후 자식들을 키우느라 절약하며 지낸 지난 시절의 훈장 같은 습관.

그 덕분에 우리가 이렇게 감사하고 즐거우며 또 웃음을 나눌 수 있게 되었다 여기고 잘 보아주세요.

새 옷과 새 신발은 언제든지 살 수 있으니까요.

우리 가족이 미국에 다시 온 지 4년이 되어 갑니다. 친지들과 어울리지 못하는 미안함과 아쉬움을 달래며 열심히 산 덕분에 막내 처제의 조카들은 멋진 숙녀가 되었으며 또 스스로들 열심히 사는 듯 보입니다. 그리고 미국정착을 위해 조심스레 계획한 집 장만도 실천하게 되었습니다. 내년에 계획한 '모두 모두 미국 초대'가 정말 가능할 것 같습니다.

돈이 많아서가 아니라 마음을 함께 모은 덕분이라 여깁니다. 아직까지 신앙심이 그리 많진 않지만 신에게도 감사드립니다.

아침에 나는 채소 주스를 만들고 큰언니는 원두커피를 만들어 함께 마시며 결혼기념을 자축했네요.

나는 큰언니를 출근시킨 후에 실험실에 와서 이것저것 실험을 준비하다가 막내 처제에게 카톡을 합니다.

막내 처제는 항상 기쁘고 좋은 날들을 만들어야 합니다.

내가 정신없이 살았던 옛 시간들에 대하여 나는 지금 많이 반성하고 있다오.

저녁에는 작은딸이 축하 케이크를 준비한다고 하네요.

여수 어머니의 훈장 같은 추억을 너무 몰아세우지는 않아도 될 것 같네요.

대신에 혹시 생활에 불편함이 없는지 자주 확인하고 미리 준비하는 것도 좋으리라 생각합니다.

어쩌면 내년에 보아서 아프신 무릎을 수술 치료해야 할지 모르겠네요.

아직까지는 나도 수술이 좋을지 확신을 못 하고 있습니다. 수술 후유증을 겪는 사람들도 보았네요.

내년이 되면 모든 식구들이 머리를 맞대고 의논해보아야 할지도 모르겠네요.

시간이 흘러 세월을 만들고, 그 세월은 모두에게 추억을 안겨 주지만 대신 젊음을 가져갑니다. 막내 처제도 멋진 시간, 감사한 세월, 그리고 따뜻한 추억을 많이 많이 만드세요.

젊음은 아쉽지만 세월에 주어야겠지요. 메리 크리스마스 앤 래피 뉴 이어…

고혈압·고지혈·고당뇨

아내가 몇 주 전에 의사로부터 진단받은 증상들이다. 장염 증세가 있어서 병원을 갔다가 혈압이 너무 높게 나와서 장염은 접어두고 상세검사를 받았다.

혈압은 170/100, 혈중 지방은 정상치의 2배, 그리고 혈당/당뇨는 약 복용 직전까지 이른 상태였다. 장골 체격에다가 식성을 타고나서 평상시에도 걱정이 반이었는데 드디어 올 것이 왔구나 싶었다.

"체중을 줄이실래요, 아니면 약을 복용하시겠습니까?"

단도직입적인 의사의 빅딜 제의를 받고 일고의 고려도 없이 나온 대답.

"체중을 줄일게요."

"네. 그렇게 하세요. 혈압약과 비타민 D만 드시고 체중 조절 후 정상이면 약 복용은 안 해도 됩니다."

지난 십수 년 동안 다이어트를 많이 하였으나 요요현상과 타고난 식성으로 지금껏 원위치이다. 이번에는 처음으로 의사진단을 받은 상태라 아내의 의지는 자못 진지하게 보인다.

나는 힘이 닿는 데까지 아내를 도와주려고 마음먹고 있다.

오늘부터는 채소 주스를 먹는 순서가 되었다고 한다. 그동안은 단백질 다이어트를 했다고 한다. 마트에서 홍당무, 양배추, 브로콜리, 그리고 토마토를 사서 적당히 썰어서 약하게 데쳤다.

이를 적당량 믹서에 갈아서 매일 아침 식사대용으로 먹는다. 예전에 만들어 먹어본 경험이 있어서 자연스레 정성을 더 들이는 것을 내 스스로 느낀다.

고혈압, 비만, 고지혈증, 그리고 당뇨와 같은 증상들이 함께 나타나는 것을 '대사증후군'이라 한다. 나의 아내가 이에 딱 걸린 상태이다.

중년을 지나는 나와 아내가 이런 달갑지 않은 말을 들어서 마음이 그리 편하지 않다. 꼭 그렇지는 않았더라도, 자기 몸 관리를 소홀히 하면서까지 가족들에게 헌신한 것이라 생각하니 내가 미안하기도 하다.

중년인 사람들에게 삶의 훈장처럼 나타나는 '대사증후군'을 요사이 우리 가족이 만났다. 식단도 바꾸고 아침저녁으로 산책과 운동을 한다. 매일 집에서 혈압과 체중을 재고, 기록한다. 아내가 먹어서는 안 될 맛난(?) 것들은 나 혼자 숨어서 먹는다.

지난주에는 나도 정밀 혈액검사와 소변검사를 받았다. 검사결과는 다음 주에 나온다고 한다. 상대적으로 잔병치레가 없었던 나이지만 괜스레 걱정이 된다.

병원에서 가장 듣고 싶은 멋진 말은 "아무 이상이 없네요."일 것이다. 지난 시절 열심히 살아온 우리 중년 사람들이 모두 이런 말을 들으면 좋겠다.

"아무 이상이 없네요."

도전
(挑戰)

댈러스의 올해 가을은 조금 빨리 온 것 같다. 한국에 비하면 아직 더운 기운이 많으나 얼마 전의 여름날에 비하면 춥다는 말이 더 어울린다.

또 한해를 정리하는 시간이 되었나 보다. 여느 해의 가을맞이하던 경우와 다르게 올해는 내가 사뭇 운동경기의 출발선에 있는 느낌이다.

우리나라 어느 시골학교의 가을 운동회 100m 달리기 출발선.

가을 기운을 처음 느끼던 달포 전에 나는 미국 노동청으로부터 정식 노동허가서를 받았다. 지난 4년간은 대학연구소의 초청연구원으로 있던 탓에 늘 손님 같은 기분이었다. 노동허가서를 받고 나면 미국 내 어느 곳에서나 정식으로 일을 할 수 있다고 한다.

가을을 시작하는 길목에서 나는 노트북을 열어 나의 이력서를 새로 적어 본다. 인생 1막을 정리하고 쉬었다가 인생 2막을 열어가는 나의 첫 숙제가 바로 이력서인 것 같다.

누비이불처럼 구불구불하게 지내온 나의 인생 1막을 종이 한 장에 정리한다. 바쁘고 치열하게 살았다고 생각했는데 적고 보니 종이 한 장을 채우기도 벅찬 게 내 인생 1막.

나이 50세를 넘기고 새삼 다시 새기는 도전(挑戰)이라는 말. 이런 나에게 어울리기는 하지만 그저 중년에 새로운 일자리를 찾는 게 도전이라 할 수 있을까.

도전(挑戰)이란 전쟁에서 정면으로 맞서 싸우거나, 어려운 사업에 모험을 거는 것이라 한다. 도전은 조직적인 것도 있겠지만 요즘은 개인적인 환경에서의 도전도 많아 보인다.

특수한 신산업에 도전하는 벤처기업가들, 새로운 기술개발에 도전하는 기술연구자들, 기존의 방식에 새로운 가치와 방법으로 도전하는 서비스전문가들, 작품의 처음과 끝을 혼자서 도전하는 대중예술가들, 그들에게 도전이란 무엇일까? 그리고 나에게 도전이란 무엇일까?

개인적 수준에서 도전이란 행동의 결과보다는 현재 진행형인 과정이라 여긴다. 성공한 도전, 실패한 도전이란 말도 있지만, 도전이란 가치 있는 행동을 바탕으로 할 것이다.

내가 하고 싶은 일을 할 수 있도록 하기 위해 무엇을 해야 하는지를 결정하고 실천하는 것이다. 도전이란 이러한 결정과 실천이 행동으로 반복되어 나타나는 삶의 여정이라고 생각한다.

내가 지금까지 살아오면서 간직하고 싶은 세 가지 말이 있다.

'도전', '책임', 그리고 '가치'라는 말이 그것들이다. 젊은 시절에 누구나 가졌을 많은 갈등과 고민 앞에서 나는 이 세 가지를 잊지 않으려고 노력했다. 그리고 내 인생에 있어 '덕분에'라는 인생은 있어도, '때문에'라는 인생은 없다고 다짐했다.

오늘 나는 인생 2막을 시작하는 출발선에서 운동화의 끈을 동여매듯이 '이력서'를 동여맨다. 비록 종이 한 장을 채우기도 벅찼던 인생 1막이지만 진솔한 이웃집 아저씨 내음이 나는 이력서를.

세월이 조금 더 흐르고 나면 나의 이력서는 종이 두 장 정도는 채울 수 있을 것이라 기대해본다. 지금은 백지상태인 인생 2막의 이력서. 어떤 내용으로 채워질지 나도 알 수 없지만 '도전', '책임', 그리고 '가치'는 계속되리라 믿는다.

우리 집 가훈(家訓)은 '도전', '책임', 그리고 '가치'로 하고 싶다. 10월의 가을 햇살 아래에서 연묵에 붓글씨 한번 적어 보고 싶다.

'가훈(家訓) - 도전(挑戰), 책임(責任), 가치(價値)'

가훈
(家訓)

.
.
.
.
.
.
.
.

　우리 가족에게는 아직 가훈(家訓)이 없다. 전통적으로 가문의 영향이 크지 않았던 탓에 가훈이라는 말이 새삼스럽다는 생각도 든다.

　가난했던 어린 시절, 삶을 위해 치열하게 지냈던 청년, 중년의 시절을 지나면서도 가훈은 없었다. 가훈보다는 삶에 대한 개인적인 좌우명 같은 것이 시절에 따라 변했어도 마음 한편에 있는 듯하다.

　내가 가졌던 삶의 좌우명에는 다음과 같은 것들이 있다. 먹고 살아야 한다, 변화에 두려워하지 말라, 인생 마지막에 웃는 자가 되자, 자식을 잘 키우자 등.

　뒤돌아보면 그런 좌우명 덕분에 말과 행동을 같이하려 했고 삶에 추진력이 조금은 있었던 것 같다. 한편으로는 그리 신실하지는 않지만, 종교적인 신앙심도 좋은 좌우명 역할을 한 것 같기도 하다.

개인적인 좌우명과 신앙은 있었지만, 가족 차원의 가훈은 크게 생각지 않고 지금까지 지내왔다. 내심으로는 내가 열심히 사는 것을 가족들이 보고 본받으면 된다는 막연한 생각만 가지고 있었다.

'가장의 모범'이라는 적잖은 책임감을 느껴야 했던 시기들이 있었음을 특히 기억한다. 내가 가졌던 사회적 성공의 한계를 큰딸이 이해해 주었을 때는 고마움과 부끄러움이 함께 왔다. 써서 내려온 가훈은 없었지만 부모를 이해하면서도 길 자라준 딸들에게 감사한다.

자식들은 이제 성인이 되어 독립생활을 하고 있는데 수년 후면 결혼하여 새 가정을 만들 것이다. 이런 생각을 할 때면 좋은 가훈 하나 있었으면 좋겠다는 마음이 들 때가 있다.

더욱이 한국을 떠나 미국땅에서 정착하여 살아야 하는 우리 가족을 생각하면 더욱 그러하다. 가훈이 될 만한 가치 있는 말을 내 삶이 의미하는 대로 다듬고 마음에 새겨 보려고 한다.

도전: 하고 싶은 일을 할 수 있도록 하기 위해 지금 내가 해야 할 일을 계획하고 실천하는 것.

책임: 나로 말미암아 내 주위의 사람들이 전보다 더 나아질 수 있도록 노력하는 것.

가치: 나의 다음(자녀) 세대에게 전해줄 만한 의미 있고 스토리 있는 인생을 만드는 것.

나의 도전과 책임과 가치는 아직도 현재진행형이라고 생각한다. 고국을 떠나 이곳 미국땅 댈러스에 정착하면서 새로운 나의 고향을 만들고 있다.

'고향은 어디인가' 하고 나에게 물을 때 나는 나에게 이렇게 말하곤 한다.

"지금 내가 살고 있는 이곳이 바로 나의 고향이다."라고.

나는 도시 소시민의 아들로 태어나 특별할 것 없는 보통사람들 중에 한 사람으로 살고 있다. 장성한 자녀를 위해 또 지나온 내 삶을 중간정산하면서 집안에 남겨둘 가훈 하나 만들고 싶다. 그것은 '도전(挑戰), 책임(責任), 그리고 가치(價値)'가 될 것이다.

부모와 자식 간의
대화

....

오래전에 유명하였던 개그프로그램 중에 '대화가 필요해'라는 코너가 있었다. 아마도 해를 넘기면서까지 큰 인기를 끌었던 가정 코미디였을 게다.

엄마(신봉선 분), 아빠(김대희 분) 그리고 한 아들(장동민 분)이 함께 식사하는 데서 장면이 시작된다. 현대사회에서 바쁜 가족구성원들 간에 단절되어 가는 의사소통을 풍자한 그러면서도 가슴 뭉클한 감동과 교훈을 함께 전달해 준 멋진 코미디라고 생각한다.

언제부터인지 부모가 전해주는 교훈적인 가르침이 많이 사라진 것을 문득 느끼곤 한다. 교훈보다는 현실 속의 경쟁적인 삶에서 지지 않으려는 치열한 처세술이 대화의 많은 부분이 되었다.

부모조차도 그들의 부모로부터 들은 적이 없는 처세술을 체험으로 포장하여 자식에게 전달한다. 자녀가 못 하길 바라는 부모가 어디 있을까마는 처세술과 교훈을 분별 못 하는 부모가 있어 보인다.

어쩌면 나도 그런 분별력이 떨어진 상태에서 자녀를 키웠는지 모른다. 자녀들은 나중에 알 것이다.

"남들보다도 학원을 조금이라도 더 많이 다녀야 한다."

"어릴 적 친구는 하나 소용없다. 좋은 대학에 가면 친구들 많이 만날 수 있다. 지금은 공부가 우선이다."

"시험에서는 무조건 선두에 나서야 한다. 혹 성적이 떨어지면 학원에서라도 이를 보충해야 한다."

"선행학습은 반드시 해야 한다. 처음부터 남들보다 좋은 성적을 받아야 한다."

"일류 대학에 가야 한다. 재수해서라도 가야 한다. 그래야 이익이 많은 인간관계를 가질 수 있다."

오래된 고전에는 삶에 대한 교훈적인 내용을 많이 담고 있다고 생각한다. 현대적인 서적일수록 수많은 처세술 같은 내용이 넘치디 넘치고 있다고 생각한다.

'윗물이 맑아야 아랫물도 맑다'라는 말처럼 부모가 전해주는 교훈이 참 그리울 정도가 된 것 같다. 책보다 인터넷이, 사람과의 대화보다 SNS가 더 가까운 것이 된 지 오래되었다.

부모로부터 가족 간의 건강한 대화 문화를 물려받고 또 물려주는 것이 처세술의 가르침보다 더 가치가 있다고 한다면 공허한 얘기가 될까.

건강한 가정의 문화교육은 가족 간의 대화, 즉 의사 교환에서 시작될 수 있을 것이다.

의사 교환이 물 흐르듯이 오고 가면서 통하게 되면 의사소통이 되는 것이다. 연구한 바에 의하면 식탁에서의 가족 간 대화가 자녀의 지능발달에 절대적인 영향을 준다고 한다. 굳이 연구하지 않았어도 자식을 키워본 부모라면 마음으로는 당연하나고 여길 것이다.

기독교 성경(잠언 편)에는 이러한 가르침이 있다. 이런 부모와 자식 간에는 어떤 대화가 오고 갈까?

'…(왕으로서) 너는 벙어리처럼 할 말을 못 하는 사람과 더불어, 고통 속에 있는 사람들의 일들을 위하여 그들을 변호하고 입을 열어라.'
'…(왕으로서) 너는 공의로운 재판을 하고, 입을 열어, 억눌린 사람과 궁핍한 사람들의 판결을 바로 하여라.'
'…(훌륭한 아내는) 허리를 단단히 동여매고, 억센 팔로 열심히 일한다.'
'…(훌륭한 아내는) 사업이 잘되어가는 것을 알고, (또 이를 위하여) 밤에도 등불을 끄지 않는다.'
'…(훌륭한 아내는) 집안일을 두루 살펴보고, 일하지 않고 얻은 양식은 먹는 법이 없다.'
'…(이런 부모를 보고 자란) 자식들도 모두 일어나서, 어머니 업적을 찬양하고 남편도 아내를 칭찬하여 이르기를…'

라면과
스마트폰

....

 나는 라면 먹기를 좋아한다. 그것도 매우 좋아한다. 가난하던 어린 시절에 처음 맛본 라면은 나만의 최고급 식사메뉴 중의 하나로 지금까지 남아 있다.

 라면이 건강에 그리 좋지 않다는 이야기는 오래전부터 들었으나 귀 기울이지 않은 것이 사실이다. 중년이 되어서도 라면에 대한 추억은 중독처럼 남아 있어서 일주일에 2, 3개는 즐거이 먹는다. 딸아이들은 나에게 영양이 부족하고 나트륨 함량이 많은 라면을 자주 먹지 말라고 항상 말한다.

 신세대인 젊은이들에게는 스마트폰이란 것이 있다. 현대 문명사회에서 삶의 일부분이 되어 버린 스마트폰은 일상의 필수품이 된 지 이미 오래되었다.

스마트폰이 인체에 미치는 부정적인 영향은 오래전부터 간간이 발표되고 있다. 전자파, 청색광 등으로 인해 암이 발생할 수 있으며 수면 장애와 살이 찌게 하는 효과도 있다고 한다.

그야말로 스마트(?)폰이라 할 만한데 이를 일상에서 멀리할 방법이 그리 녹록하지는 않다.

며칠 전에 주말을 맞아 학교에서 생활하던 두 딸들이 집에 와서 간만에 가족끼리 시간을 보냈다. 이런저런 이야기 도중에 스마트폰에 관한 것이 화젯거리가 되었다.

기회는 이때다 싶어 나는 단도직입적으로 스마트폰 사용을 스스로 절제할 것을 요구했다. 딸들은 한결같이 스스로는 극히 안전하게 사용을 한다고 하는데 나는 그리 믿지 않았다.

특히 작은딸은 시력이 좋지 않아 안경을 쓰면서도 움직이는 차 안에서 스마트폰을 사용하고 또 잠잘 때도 스마트폰을 머리맡에 두기도 하며 심지어는 이어폰까지 사용하는데 그 줄이 어느새 잠자고 있는 목을 휘감고 있는 것을 가끔 목격하고는 한다.

일상에서 중독된 듯한 딸의 스마트폰은 바로 나의 라면과 어느새 닮아 있다. 수십 년을 일주일에 라면 몇 개씩을 꼬박 먹었으니 어쩌면 딸의 스마트폰에 전혀 뒤지지 않는다.

한국사람이 한 해 동안에 먹는 라면을 모두 줄 세우면 지구를 10바퀴나 돌 수 있다고 한다. 사실 나도 스마트폰을 써보면 편리하고 또 많은 지식과 정보를 바로 얻을 수 있는 큰 장점을 인정한다.

나는 슬며시 딸들에게 제안하였다.

"아빠가 일주일에 라면 하나만 먹을 테니 너희들은 스마트폰 사용을 하루 30분으로 하자꾸나."

"좋아요, 좋아요"

그렇게 해서 라면과 스마트폰과의 빅딜이 성사되었다. 물론 서로 확인할 방법은 없으나 서로의 잘못된 습관을 지적하고, 인정하며 또 이를 고쳐나가려는 마음을 공유하는 것이 중요하고 감사한 일이다. 일주일에 라면을 하나만 먹기가 쉽지 않은 일이 되리라 생각하지만….

직업

지난 5년 동안 일하던 대학연구소 연구원직을 얼마 후에는 그만 두려고 한다. 미리 계획했던 일은 아니었지만 최근 몇 달 사이에 마음을 정하고 그렇게 하였다.

올 초부터 자동차 부품과 용품을 전문으로 판매하는 매장에서 시간제 매니저를 겸업하고 있다. 공학박사에 교수 출신인 사람이 매장매니저로 일하는 것이 그리 축하할 만한 것이 아닐 수도 있다.

대학교를 졸업하면서부터 결혼하고 지금까지 나의 이력서 직장경 력에는 하루도 공백 기간이 없다. 그렇게 살려고 치밀하게 계획한 적은 없지만 어쩌다 보니 그렇게 되었다.

직업의 종류도 다양했던 것을 이제야 돌아보며 느낀다. 군인, 항 공기 조종사·정비사, 연구원, 대학교수, 매장매니저 등을 한 사람이 30년을 넘는 동안 하고 있다.

나에게 직업이란 무엇이고 어떤 의미가 있을까. 직(職)은 살면서 먹고 사는 데 필요한 것들을 얻기 위해 해야 하는 일이라 말하고 싶고, 업(業)은 살면서 자신의 삶에 대한 가치와 만족을 가져다주는 일을 하는 것이라 말하고 싶다.

가장 좋은 경우라고 한다면 당연히 동일한 일을 하면서 직과 업을 해결할 수 있는 것이라 할 것이다. 하지만 이 세상의 많고 많은 사람 중에 직과 업을 동시에 해결하는 사람들이 얼마나 있을 수 있을까.

나는 공군사관학교를 다녔다. 나의 많은 지인들은 내가 직업군인과는 어울리지 않는다고 자주 말했던 것을 기억하고 있다. 그럼에도 불구하고 나는 24년간의 군 장교생활을 건강하고 안전하게 마무리하고 전역하였다.

그사이에 적지 않았던 희로애락을 겪은 일들이 나의 삶을 더 깊이 있게 만들었다고 생각한다. 젊어서 글쓰기를 좋아했던 기억을 잊지 않고 되살려서 가끔씩 써 두었던 글들이 제법 많이 있다. 어린 시절에 음악을 좋아했었는데 이제는 아침저녁으로 차 한 잔을 마시며 음악을 들을 수 있다.

치열하게 살았던 젊은 시절에는 직과 업을 혼동하기도 했고, 동일시했던 기억이 생생하다. 삶의 목표가 불분명했던 시절도 있었고 그저 열심히만 살면 모든 게 해결될 것이라고도 여겼다.

땀 흘리고 열심히 일할 환경조차 힘들게 구하는 지금 젊은 세대에게는 미안한 표현일지도 모른다. 나이 서른을 넘기면서 직과 업의 차이를 알게 된 것을 신에게 감사한다. 그 덕분에 대학에서 가르치고 연구하는 일을 할 수 있도록 준비하고 실천할 수 있었다.

돈을 벌어서 가족의 생활을 보장해야 한다는 책임감, 군인으로서 국가에 봉사해야 한다는 사명감, 내가 하고 싶은 일을 할 수 있도록 매일의 자투리 시간들을 아끼도록 이끌어준 신앙심 같은 것들이 내 인생의 그림을 그리도록 해주는 분간 재료가 되었고 또 지금 느끼고 있다.

오늘 아침에도 일어나 커피 한 잔을 들고 동네 산책로를 걸으며 떠오르는 아침 해를 맞이하고 있다. 영화 '국제시장'에서 들었던 어떤 대사가 떠오른다.

"아부지, 이만하면 잘 살았지예?"

인생
주사위

．
．
．
．
．
．
．
．
．
．
．
．
．
．
．
．
．
．
．
．

　달포 전 딸들의 학교개학을 앞두고 가족끼리 모여서 모노폴리 보드게임을 하였다. 2개의 주사위를 굴리며 가진 재산을 사고팔아 서로 많은 재산을 모으는 경기인데 재미가 있다.

　한번 시작하면 3시간 이상이 걸리기도 하는 장시간의 가족놀이 게임이다. 음료수와 간식거리를 옆에다 두고 단단히 시작해야 한 다. 이러한 경기 덕분에 아이들은 집중력, 판단력, 그리고 경제상식 을 키우는 좋은 효과가 있는 것 같다.

　주말인 오늘 청소하는 도중에 바닥에 떨어져 있던 그 게임용 주 사위 하나를 주워서 책상 위에 두었다. 청소를 마친 후 쉬면서 책 상 위에 두었던 그 주사위를 다시 보게 되었다.

　주사위에 관한 생각. 주사위는 모두 6개의 면이 있는데 육안으로

만 보아서는 최대 3개의 면밖에 볼 수 없다. 안 보이는 면들은 최소 3개에서 어떤 때에는 최대 5개에 이르기도 한다.

내가 살아온 인생도 어쩌면 주사위처럼 여러 면들이 있을지도 모른다. 내 인생의 모든 것은 내가 제일 잘 알고 있지만, 실상은 한 번에 모두 면을 다 보고 있지는 못하고 있는지 모른다. 내가 지금 보고 있는 이 주사위처럼 보기에 따라 1이 보이기도 하고 또 6이 보이기도 하고….

혹시 지난날, 나는 내 인생 주사위의 3개 면만 보았고 그것에만 가치를 두지 않았을까? 혹시 내 인생에서 보이지 않았던 면들이 있지 않을까? 혹시 내가 애써 외면하고 그 가치를 무시했던 내 인생의 면들은 없었을까? 혹시 나는 지금 그동안에 안 보고 혹은 못 보았던 내 인생의 면들을 보려고 노력하고 있는가?

직장에서의 일, 내 가족의 경제적 안정을 위해서 쉼 없이 굴려 왔던 내 인생의 주사위. 보이지 않았던 내 인생의 주사위에는 어떤 면들이 있을까?

주변 사람들에 대한 배려와 격려, 물질적 자선과 봉사, 정신적인 감사와 은혜…. 가치 있는 내 인생의 주사위가 만들어지기 위해서는 어떤 면들이 더 있어야 하나?

토요일 오후 시간. 이렇게 주사위 하나를 만지면서 보낸다. 잘 만들어진 내 인생의 주사위를 간직하고 싶다. 잘 만들어진 내 인생의 주사위를 또한 잘 굴리고 싶다. 시간이 흐른 뒤, 혹시라도 만들

100차선 희망

어질지 모르는 나의 묘비명에 이런 글귀가 있으면 좋겠다.

'인생의 주사위 면들을 많이 그리고 밝게 만들고 싶었던 사람'

날씨

어젯밤부터 오늘 아침까지 비가 많이 내렸다. 천둥 번개에 돌풍까지 몰아쳐서 내심 지붕 있는 안전한 집에 살고 있는 것이 감사할 정도였다.

한국은 요사이 가뭄이 심해 수돗물을 제한급수 한다는데 이곳 댈러스의 빗물이라도 주고 싶다. 주말 아침이라 아내의 출근을 도와주고 나서 빗물에 씻겨 깨끗해진 공기를 마시며 산책을 했다.

댈러스의 날씨는 1년 내내 따뜻한 편이다. 사막의 건조한 기후 탓에 여름 동안 화씨 100도(섭씨 37.8도)에 가까운 고온을 제외하면 살기 좋다고 할 것이다.

최근의 기후변화 영향인지는 알 수 없으나 비 내리는 날도 예전보다 많아진 것 같다. 댈러스가 있는 텍사스주는 전체가 건조한 평지인 까닭에 날씨는 상당히 빠르게 변하는 편이다.

그래서 여기선 변덕스러운 성격인 사람을 두고 이곳 날씨를 빗대어 'It is Texas!'라는 말이 생겼다고 한다.

날씨의 거시적이며 장기적인 특성을 기후라 하는데 그 기후변화가 인간의 성격에 영향을 준다 한다. 연구에 의하면 '역사적으로 기온이 상승하면 무력충돌도 함께 증가했다.'고 한다.

기후변화에 대응노력이 없다면 무력충돌에 의한 인간의 희생이 늘어날 것이라는 예상도 한다. 또한 이러한 경향은 2009년 이후에 더욱 두드러지고 있다고 한다.

무력충돌의 원인을 전적으로 기후 때문이라고 말할 수는 없겠지만, 국가적인 혹은 집단적인 결정 과정에 부적절한 영향을 미친다는 것에는 의미가 있을 수도 있다.

나만 해도 날씨가 더울 때면 불쾌지수가 올라가 업무효율이 떨어지고 짜증도 내었던 경우가 많다. 국가나 집단을 대표하는 사람들도 크게 다르지 않을 것이라 여긴다.

날씨는 단기적으로 사람의 감정에 영향을 주고 기후는 사람의 기질에 영향을 줄 수 있다고 한다. 『워런 버핏이 날씨시장으로 간 까닭은』이란 책이 있다. 남부 이탈리아의 라틴계 사람들은 기온이 높고 일조량이 풍부한 기후 아래서 낙천적이고 예술성이 탁월하다. 그렇지만 기온이 낮은 북유럽 사람들은 인내심이 강하고 근면하면서도 냉담한 편이다. 또한 집 안에 있는 시간이 길어 철학과 과학에 뛰어나다고 한다. 열대 지방 사람들은 잘 움직이지 않으며 적극성이 부족한 기질을 볼 수 있다. 남유럽과 라틴아메리카에서 낮잠을 자는

'시에스타(Siesta)' 문화가 발달한 것도 날씨 때문일 것이다. 실제로 30분 이내의 낮잠이 몸에 이롭다는 것은 잘 알려진 사실이다.

봄·여름·가을·겨울이 뚜렷한 한국의 기후에서 비롯한 한국사람의 좋은 기질을 간직하고 싶다. 희로애락의 구분이 뚜렷하고 어려움을 견디고 극복하며 나가올 미래를 준비하고 낙관하는 것. 요사이 한국에서의 가뭄으로 인한 생활이 불편함을 지혜롭게 이겨내기를 널리서 응원합니다.

기억과
추억

.
.
.
.
.
.
.
.
.
.
.
.
.

　어느 때부터인가 '일과진행표'라는 것을 만들어 15분 단위로 행한 일들을 기록하고 있다. 하루에 2번 그러니까 점심 식사 전후와 퇴근 전에 2분간을 투자하여 하루의 일들을 정리하고 있다.

　젊어서는 누구처럼 기억력이 꽤 좋아서 시시콜콜한 것까지 오래도록 기억하기가 보통이었다. 그러나 세월 앞에 장사가 없다는 말처럼 지금은 3, 4일 전의 일들도 가물거릴 때가 많다. 다행히 지난 일들을 기록하는 좋은 버릇 덕분에 중요한 일들의 진행에 그리 큰 어려움은 아직 없다.

　그런데 지난 일주일 동안은 연구실에 들리지 못하여 '일과진행표'를 작성할 수 없었다. 일주일이 지난 후 한 주간 일어난 일들을 기억하여 기록하고 정리하는 데 꼬박 2시간이 걸렸다.

내가 보낸 시간인데도 그 기억들이 끊어져 서로 연결하려는 몸부림이 영화 속 기억상실증 환자 같다. 마치 정신적으로 약해진 환자 같은 내 모습을 보며 우습기도 하고 불쌍도 하다는 느낌이 든다.

"너 참 안되어 보인다."

내가 보낸 시간들, 그 속에서 일어난 일들, 그 일들에 대한 기록과 기억, 돌이켜 생각나게 하는 추억. 나는 가치 있는 인생을 살고 싶은 마음을 오래전부터 가지고 있기는 하다.

다음 세대에게 전해줄 가치가 있는 나만의 인생 스토리를 만들고 싶은 마음이 오래전부터 있었다. 인생 스토리에 필요한 기록, 기억 그리고 추억을 가질까 싶어서 15분 단위의 '일과진행표'를 쓴다. 그저 기록한다. 혹시 기억할 만한 것들, 추억될 만한 것들이 있는지 몰라서.

그 기록에는 나의 모든 행함과 희로애락의 모든 감정들이 가장 진실되게 숨 쉬고 있을 것이다. 그중에 어떤 것들은 나의 기억 속에 가지런히 남게 될 것이며, 그 기억들 속의 또 어떤 것들은 세월이 가면서 계속하여 되새기고 싶은 추억이 될 것이다.

그러한 기억들과 추억들은 어쩌면 후에 있을 내 자서전의 소재이자 주제거리가 될지도 모른다. 나는 세월이 조금 더 흘러서 때가 되면 나의 자서전 하나를 쓰고 싶다. 훌륭한 사람보다는 그저 평범하게 살았던 한 사람의 기록, 기억, 추억을 담은 자서전을 쓰고 싶다.

그리고 그 자서전은 4권을 인쇄하고 싶다. 한 권은 내가 간직하고 또 한 권은 나의 아내에게 주고 나머지 두 권은 나의 두 딸에게 주고 싶다.

출세하지 못한 남편에게 받은 것보다 더 많은 것을 주었던 나의 아내에게 두 손 잡으며 전해주고 싶다. 청소년기에 서로 떨어져 부모의 사랑을 많이 받지 못한 큰딸에게 두 손 잡으며 전해주고 싶다. 힘들었던 늦깎이 사춘기 시절을 잘 이겨낸 작은딸에게도 두 손 잡으며 전해주고 싶다. 그리고 철없던 시절에 멋모르고 결혼하였어도 가정을 위해 땀 흘리며 수고한 나에게 주고 싶다.

'추억을 담은 자서전'을.

교회
장로님

· · · · · · · · ·

　며칠 전 아침 무렵에 내가 다니고 있는 교회로부터 한 문자메시지를 받았다. 내가 잘 알고 지내는 장로님 한 분에 대한 부고안내였다.

　달포 전에 교회 소식을 통하여 듣기로, 그분이 자신의 급성 뇌종양을 뒤늦게 알게 되었다고 한다. 치료가 거의 불가능하다고 들었는데 결국 달포를 넘기시지 못하고 소천하신 것이다. 이 세상을 떠나가는 순서는 정해져 있는 것이 아니긴 아닌가 보다.

　신앙심이 그리 신실하지 않은 나는 지금까지도 이러한 생의 마감에 관한 의문을 여전히 갖고 있다. 어쩌면 내가 신앙에 대한 가난한 믿음을 가지고 있는 것을 보여주고 있는지도 모른다.

　신은 정말로 인간의 운명을 예정해 놓고 이를 기다리고 있는가?

신이 인간에게 선물한 자유의지는 신의 선물인가 아니면 신의 굴레인가? 내가 믿는 종교적 신념이란 것이 신을 위함인가 아니면 나를 위함인가?

그 장로님은 오래전부터 파킨슨씨병이 있는 아내와 자폐증의 아들을 간호해오고 있었다고 한다. 백발이 성성한데도 가끔 휠체어를 탄 아내와 함께 주일예배에 참석하는 것을 보기도 하였다.

그런데 발병 한 달 전 아들은 전문치료병원에, 아내는 요양원에 보내며 주변을 정리했다고 한다. 인간의 삶에 관여하는 신의 예정하심이 있는 것일까.

그러한 장로님을 보면서 나는 나에게 질문한다. "아무개야 너도 그러할 수 있겠느냐?"

"…"

그 장로님의 장례식이 어제 진행되었다. 오늘은 묘지 안장식이 있다. 나는 참석을 하지 못하고 어제와 오늘 아침 동안 연구실에 있다. 잠시 애도의 기도를 드린다.

내게는 삶이란 것이 당연한 권리라고 여기던 젊은 시절이 있었다. 나의 손에 움켜쥔 선물 같은 삶. 그러나 이제는 삶이란 것이 선물이 아니라 감사한 시간들 속에 있는 자신 그 자체인 것을 알았다.

삶이 바로 나 자신이 아닌가. 신앙심이 깊어진 까닭보다는 세상을 바라보는 지혜가 조금 더 생긴 것이 아닐까 여긴다. 그 지혜 속에는 그 장로님과의 웃음과 대화가 있고, 정이 있으며 서로에 대한 격려도 있다.

나도 사람인지라 가족의 간호를 더 이상 받지 못하는 그의 아내와 아들을 생각하면 마음이 아프다. 서로 의지하며 동고동락하는 여느 가족의 모습을 생각할수록 안타까움이 물밀듯 밀려온다.

언젠가 나에게도 찾아올 이 세상 삶의 종착역에 가능하면 편안하고 기쁜 마음으로 도착하고 싶다. 신이 선물한 그 예정된 천국 극락을 기쁘게 맞이하려는 이 세상 삶의 예방주사 레시피 같은 것들.

자녀를 잘 키워라 / 건강하라 / 부부가 함께 오래 살아라 / 경제적 여유가 있어라 / 평생 함께할 친구가 있어라 / 나이가 늘어도 할 수 있는 일을 찾아라 등.

3번의
결혼식

어느 연인이 결혼식을 올린다고 한다. 신학대학교에서 공부하면서 서로를 알게 된 젊은 전도사 예비부부라고 한다. 나와 일면식은 없지만, 그들이 신실하고 꿈이 있으며 전도가 양양하리라고 기대한다.

양가의 축하를 가득히 받으며 행복한 가정을 만들어 주리라 믿는다. 더욱이 내가 다니는 교회에서 결혼식을 올린다고 하니 한 번 더 축하해 주어야 할 것 같다.

그런데 결혼식이 가까워져 오면서 주변에서 들리는 이야기가 있어서 남다른 상념에 젖어 본다. 들리는 이야기는 다름이 아니라 그들이 이 결혼식을 시작으로 모두 3번을 한다고 한다.

양가의 아버지가 담임하는 교회 두 곳에서 결혼식을 한 번씩 다시 올린다고 한다. 실제로 결혼식을 3번 할지 알 수는 없으나 선남선녀의 결혼을 앞두고 괜한 소문은 아닐 것이다.

어떤 연유로 해서 그들이 3번의 결혼식을 하려는 것인지 약간은 궁금하기도 하다. 한국에 가족, 친지들을 둔 교포들 사이에는 사정상 한국에서 결혼식을 다시 하는 경우를 보긴 했다. 이런 경우는 하객들이 지구 반대편에서 모두 올 수 없으니 이해가 되는 구석이 없지는 않다. 더욱이 신랑이나 신부 한쪽이 미국사람이면 더욱 그렇다.

언젠가 있을 내 자녀의 결혼에서도 어쩌면 한국과 미국에서 2번의 결혼식을 치를지 모른다. 그런데 한국인 교포 사이의 미국 내 결혼식이 3번이 되는 것에는 왜 그리하는지 궁금증이 커진다.

신랑, 신부와 양가 부모들은 왜 3번의 결혼식을 생각하고 합의하니고 또 계획하었을까? 마음으로 짐작되는 이유 아닌 이유가 자연스레 떠오르는 것을 버리지 못하고 나니, 축하해 주려던 순수한 마음이 작아져 버리고 빛바래지려는 것을 숨길 수 없는 것 같다.

어쩌면 나도 그들과 별반 다르지 않을 수도 있을 것이다. 가족과 친지를 한국에 두고 온 이유가 없지는 않지만 나도 2번의 결혼식을 생각했으니 말이다.

나는 누구인가? 나는 자녀의 결혼식에 초대된 하객 중의 한 사람이다. 나는 자녀의 결혼을 축하해 주고, 격려해 주고, 그리고 응원해 주는 사람이다.

자녀의 결혼식을 빌미로 무언가를 그렇게 계산하는 사람은 아니

길 다짐해 본다. 나는 부모로서 결혼식장에서 자녀의 결혼을 가장 축하해 주는 사람이 되었으면 좋겠다.

어느 선남선녀의 3번의 결혼식 중 첫 번 결혼식이 열리던 날에 비가 내렸다. 같은 날 한국에서는 가난한 19세의 한 젊은이가 산업 현장에서 사고를 당했다는 소식이 들렸다.

라면으로 끼니를 때우며 지하철역 스크린 도어 수리작업을 하던 중 전동차에 치였다고 한다. 유품으로 남긴 컵라면 1개와 작업용 공구들에 관한 이야기를 듣고 나니 빗소리가 더욱 크게 들린다.

낡은 허리띠
(혁대)

며칠 전에 내가 사용하던 허리띠(혁대)가 낡아서 반으로 끊어졌다. 얼마나 오래 사용하였던지 온 곳이 너덜너덜해진 것을 보았다. 그러고 보니 언제 구입한 것인지 기억조차 없는 오래된 허리띠였다. 아침이라 다른 허리띠를 사용하여 출근했다가 저녁에 돌아와서 그 낡은 허리띠를 다시 보았다.

이제야 어렴풋이 그 허리띠의 생년월일이 생각나는 듯하다. 그러니까 22년 전 내가 31살이 되던 해에 셋째 형님에게서 받은 선물인 것 같다.

그 후로 그 허리띠는 22년간을 변치 않고 나의 허리춤에서 나의 옷을 지켜준 고마운 물건이 되었다. 밤낮없이 불평 한 번 없이 내가 필요할 때 언제든지 나를 따랐고 나를 든든히 받쳐주었다.

사람으로 치면 충실한 집사(執事), 아니 신사(身事)가 된 것이다. 허리띠를 느슨하게 하고 옷 입기를 좋아하는 나는 아내에게 늘 지적을 받는다.

참 볼품없이 옷을 입는다고. 제발 좀 허리띠를 졸라매어서 단정하게 보이라고. 아랫배가 조이는 것을 불편하게 여기는 나로서는 잘 보이는 것보다 편한 것을 택하기가 일쑤였다.

그때마다 내 허리띠는 겹치는 옷 속으로 말없이 숨어 들어가면서도 든든한 신체 조력자가 되었다. 세월은 살아있는 동·식물뿐 아니라 이 말없이 충실한 허리띠에도 찾아오는가 싶다.

나의 횡포에 참다못해 내보이는 마지막 저항처럼 보이기도 하고, 고단한 임무에 지쳐서 은퇴를 결정하고 제출하는 사직서처럼 보이기도 하고, 누구에게나 다가오는 마지막 순간이 있다는 것을 알려주는 전령사처럼 보이기도 한다.

그러고 보니 지난 20년을 넘게 나는 특별히 이 허리띠만을 애용한 것 같다. 누군가에게서 받은 선물용 허리띠 몇 개를 가지고 있기는 했지만 유독 이것만을 사용한 것 같다.

나는 애착이 있어 가까이하고 사용하였지만, 누군가에게는 힘겨운 일들의 연속이었나 보다. 내가 진짜 아끼는 물건이었다면 오히려 그만큼 소중히 하고 힘들게 하지 말았어야 했나.

살면서 내가 만나 알게 된 많은 소중한 사람들이 문득 생각난다. 나는 그들을 변함없이 소중하게 여긴다 하면서도 어느 틈에 누군가들을 힘들게 하지 않았나?

이 허리띠처럼 그 누군가들도 언젠가 나에게 힘들었다 말하며 나를 포기할 수 있지 않을까? 소중한 사람들일수록 아끼고 사랑하며 때로는 여유와 쉼을 지켜주는 것이 필요할지도 모른다.

며칠 전 내가 애착을 갖고 오랫동안 사용했던 허리띠가 낡아 헤어지고 끊어져서 버려야 했다. 그는 22년을 넘게 신체 일부처럼 나를 지켜주었다기 각지만, 의미 있는 교훈을 주고 떠나갔다. 내가 사랑하고 소중히 여기는 사람들일수록 그들의 여유와 쉼을 지켜주라고…

빈방
청소

. . . .

우리 집은 특별한 경우가 아니면 주로 토요일에 대청소를 하는 데, 청소는 보통 내가 한다. 아내는 토요일, 일요일에 근무하는데, 주로 아침 7시에 출근한다.

내가 일하지 않는 날에 아내의 출근을 도와주고 돌아오면 7시 20분쯤. 간단하게 아침 식사를 하고 나면 8시, 청소시간. 예전에는 오후에 청소하였으나 이사를 온 후에는 오전에 하고 있다.

모든 문들과 창들을 열어 환풍을 시작하고 진공청소기로 바닥을 깨끗이 한 후에 걸레질을 한다.

딸들은 집을 떠나 대학교 기숙사에서 지내고 있어서 그들의 방은 늘 빈방이다. 내가 주 중에 딸들 방에 들어가는 경우가 많지 않아도 토요일이 되면 제일 먼저 청소한다. 언제 올지 몰라서, 언제든지 집에 와서 편히 지내라고, 아빠인 내가 즐거이 청소하고 싶어서….

딸들이 어려서는 자매가 방 하나를 두고 같이 사용하였다. 사춘기가 되어서 개인 방이 없는 것을 투정할만한데 그렇지 않았던 것을 이제 와 생각하니 고맙다.

내가 유학을 미치고 다시 시작한 한국생활에 큰딸이 석응하지 못하다가 혼자서 유학길에 올랐다. 벌써 11년 전의 일이다. 매년 한 번씩 방학 농안에 왔지만 가족임을 확인할 때면 또 떠나야 했다.

4년 전에 나는 한국생활을 정리한 후 가족과 함께 미국으로 다시 와서 지내게 되었다. 경제적으로 넉넉지 않아서 좁은 월세아파트에서 4년 동안을 살다가 3달 전에 집을 사서 이사했다.

딸들에게 처음으로 제대로 된 방을 각각 줄 수 있었다. 내 나이 50세가 넘어서…. 융자를 받아서 산 집이라 앞으로 30년 동안 갚아야지만 딸들에게 각자의 방을 줄 수 있어서 기쁘다.

딸들에게 방은 주었지만, 그들은 지금 집을 떠나서 대학원, 대학 기숙사에서 지내고 있다. 생활독립을 모두 하고 있으며 지금은 경제독립, 사회독립을 준비하고 있다.

지금 내가 살고 있는 집과 딸들이 있는 학교는 자동차로 30분 거리인 가까운 곳에 있다. 언제든지 집에 올 수 있다. 딸들이 집에 오면 잠시라도 편히 쉬어갈 수 있도록 준비해 두는 것이 즐거운 임무가 된 것 같다.

몇 년 후가 되면 딸들은 결혼하여 그들의 가족을 이끌고 이 빈방을 찾아올 것이다. 나의 부모와 내가 그렇게 했던 것처럼.

지금보다는 더 정다운 모습을 하고 올 것을 기대해본다. 그때가 되면 집 마당에 이제 갓 심은 작은 나무들이 크게 자라서 있을 게다. 그리고 나와 아내는 할아버지, 할머니가 되어있을 게다.

그때가 되어서도 지금의 딸들을 위한 빈방 청소는 계속되리라 생각한다. 문 열고, 창 열고, 청소기로 먼지 떨고, 방바닥을 걸레질 할 것 같다. 삶의 흔적을 더 밝게 닦으면서…

4. 인생의 추억으로

리어카
(손수레)

오늘 아침에 자동차를 운전하며 가다가 도로 중앙에서 건널 때를 기다리고 있는 리어카를 보았다. 미국에서 사는 동안에 처음으로 리어카를 본 것이다.

추억 때문일까, 연신 그 리어카와 이를 끌고 있는 한 왜소한 동양인에게 눈길을 뗄 수가 없었다. 그때 나는 운전 중이라 휴대전화로 사진 한 장 찍지 못한 것이 못내 아쉽기만 하다. 미국에 살면서 처음 보는 리어카.

리어카는 오래전 일본 강점기 시절인 1920년대에 일본을 통해 우리나라에 소개되었다고 한다. 고무바퀴가 두 개 달린 리어카는 사람이 끄는 운반용 손수레를 말하는데, 가까운 거리에 물건을 운반하거나 노점에서 물건을 파는 데 주로 사용하였다.

평지에서는 쉽게 사용할 수 있으나, 오르막이나 내리막을 만나면 여간 조심하지 않으면 안 된다. 리어카는 브레이크(제동장치)가 없기 때문이다.

그러한 리어카는 어린 시절 나에게 적잖은 추억을 만들어 주었다. 김장용 배추를 한가득 싣고 가다 끈이 풀어져 배추들이 길 위에 계속 떨어지는데 어찌할지 몰라 했던 일. 리어카를 달고 사선서를 타는데 리어카 바퀴가 돌부리에 걸려 서자 자전거가 저절로 넘어진 일. 낙동강 탐사용 뗏목 만들 자재들이 비포장 길 위에서 떨어지는 바람에 주우다시피 하면서 가던 일. 자전거에 달린 리어카로 형이 나를 태우고 달릴 때 스쳐 지나가는 세상 광경에 정말 신기해하던 일. 어릴 적 나의 리어카 추억은 대구 칠성시장과 경북대학교를 잇는 신천 둑방길에서 거의 만들어졌다.

오늘 아침, 미국 땅에서 처음 본 리어카는 어릴 적 내가 알고 사용하던 리어카보다는 작아 보였다. 철제 물품 같은 것들을 싣고 가는 왜소한 체격의 한 동양인은 왠지 모르게 연약해 보인다.

미국 텍사스주의 더운 여름날은 벌써 화씨 100도(섭씨 37.8도)를 향해 맹렬히 가고 있었다. 그 리어카가 있던 길 주위에는 공장들이 많이 보였다. 아마도 공장에서 사용하는 물품들을 옮기는 중이었을 게다.

오늘 아침, 어느 일꾼이 끌고 가던 리어카는 내가 잊고 있었던 리어카에 대한 추억을 다시 찾게 해주었다. 가난과 부족함, 창피한 웃음들을 함께 싣고 다녔던 5살, 10살, 20살 시절의 나의 리어카.

30년, 40년이 지난 지금, 나는 어릴 적 리어카를 다시 떠올려 본다. 지금 생각해보면, 어린 시절 그때의 가난과 부족함, 창피한 웃음들보다도 먼 미래의 행복을 더 많이 싣고 다니었던 리어카였음을. 어릴 적 나의 리어카는 내 삶의 미래 행복을 싣고 다니던 타임머신이었나 보다.

차가운
붕어빵

....

집안에서 오 남매 중 막내로 태어난 나는 어릴 적부터 집안 심부름을 도맡아 했다. 울퉁 모퉁이에 있는 동네 가게에서는 내가 당당한 단골손님이라 사탕 사은품도 자주 받았다.

집에 손님이라도 오시면 빈 주전자를 가지고 가서 막걸리를 사오는 일을 은근히 바라기도 했다. 그 이유는 사탕 사은품은 물론이고 막걸리에 대한 호기심(?)도 채울 수 있었기 때문이었다.

나의 심부름들은 기쁜 마음으로 했던 기억이 대부분이었으나 그렇지 않았던 심부름들도 있었다. 그중에서도 붕어빵에 얽힌 심부름 기억은 특별히 남아 있다.

사업에 실패하신 아버지는 집을 떠난 지 수년이 되었고, 가족은 방 두 칸짜리 월셋집에서 살았다. 생활비 대부분은 장녀인 누나가 일하면서 벌어온 돈으로 충당하였다. 엄마는 그 작은 생활비를 아끼고 절약하면서 집안일을 꾸려나가셨다.

붕어빵 사건은 그 어려운 시기에 일어난 일이었다. 초등학교 1학년이었을 게다. 누나는 고등학교를 마치자마자 직장에 다니면서 집안의 경제적인 가장 노릇을 하였다. 지금 생각하면 그 때문에 누나에게는 정신적으로 많은 스트레스가 있었을 게다.

어느 추운 겨울날, 누나가 봉급을 받아온 날 저녁. 봉급기념으로 저녁 특별 간식이 붕어빵으로 결정되었다. 심부름은 당연히 나의 몫이었다.

버스 두 정거장을 지나서 있는 동네시장의 붕어빵 포장마차까지 가는 데 걸리는 시간은 15분 남짓. 동네에는 벌써 어둠이 찾아 왔고 길가에는 살얼음도 보이던 차가운 겨울날 저녁.

붕어빵의 깊은 맛이 따뜻함에서 나오는 줄은 그 당시 어렸던 나도 알고 있었다. 갓 구워낸 붕어빵을 이리 감싸고 저리 포장하여 몸속 깊숙이 넣어 최대한 보온한 채 달려왔다.

하지만 집으로 돌아오는 그 먼 길 동안에 사서 온 붕어빵은 싸늘히 식어 버렸다. 가족의 특별 저녁 간식인 그 식어버린 붕어빵을 보면서 누나는 이렇게 말했다.

"붕어빵이 식어서 맛이 없으니 갖다 주고 다시 구워 와."

"…"

정색하고 말하는 누나의 말에 나는 아무 말도 못 하고 펼쳐진 붕어빵들을 다시 모아 담았다. 차가워진 붕어빵을 가지고 대문 밖을 나서려는데 부엌에서 나를 부르는 엄마의 목소리가 들렸다.

약 30분 후에 나는 따뜻한 붕어빵을 가지고 올 수 있었다. 그러나 나는 대문 밖을 나가지 않았다. 엄마는 말씀하셨다.

"우리 막내가 어떻게 가져왔길래 붕어빵이 이렇게 따뜻할까?"

자식이 번 돈으로 생활했던 엄마는 힘은 없었지만, 마음은 따뜻하셨던 것이다. 엄마의 가난했지만 따뜻한 마음은 겨울날 여느 길 모퉁이 붕어빵 가게를 지날 때면 또 떠오른다.

작은 일
큰 운명

내가 고등학교 입학시험을 치르러 가던 35년 전 어느 겨울날. 집에서부터 시험을 치르는 고사장까지는 대구 시내를 사이에 두고 멀리 떨어져 있었다.

시내버스를 타고 1시간 정도를 가는 곳인데 고사일 전날에 예비소집을 하면서 그곳까지 갔다 왔다. 고사일 아침에 일찌감치 집을 나서서 버스를 타고 여유 있게 고사장으로 향하였다.

복잡한 버스 안 승객들의 틈바구니에서 한참을 지내다 승객 어깨너머로 현재의 위치를 확인하였다. 그런데 어제의 예비소집을 하러 갈 때 보던 풍경과는 사뭇 달라 보였다.

갑자기 뒤통수에서는 번개가 치고 이마에는 땀이 고이고 가슴은 두근거리기 시작했다. '반대방향의 버스를 탔구나.' 하는 생각이 직감적으로 들었고 이내 정거장에서 내렸다.

시내 외곽으로 나온 터라 주위는 한산하였고 다니는 사람들도 드문 공장 지역이었다. 걱정에 앞서는 두려움 같은 것을 안고 주위를 한참 살피며 나를 도와줄 사람을 찾았다.

얼마 후에 멀리서 오토바이를 탄 한 경찰 아저씨를 보았다. 내가 손짓을 하는 것을 보고 경찰 아저씨는 내게로 왔다.

"허, 학생이 버스를 반대방향으로 탔네. 내가 가더라도 고사장까시는 1시간이 더 걸리겠는걸. 그래도 하는 수 없지. 늦더라도 가야 하니 내 뒤에 타. 빨리 갈 테니 나를 꼭 붙들어라."

"네…"

그 날의 그 오토바이는 그때까지 내가 보아왔던 오토바이 중에 가장 빠른 오토바이가 되었다. 빨랐을 뿐만 아니라 난폭하기는 더 말할 수가 없었다. 교통신호 무시, 횡단보도 무시, 차선 무시 등. 돌이켜 생각하면 위반 가능한 교통법규를 거의 다 위반한 것 같았다.

얼마를 달렸을까. 경찰 오토바이는 어느덧 어제 보았던 학교가 있는 언덕을 올라가고 있었다. 고사장 정문통과 후 운동장에 들어서니 멀리서 감독선생님들이 시험지를 들고나오고 있었다.

그 경찰 아저씨에게 고맙다는 말도 못하고 나는 전속력을 내어서 나의 고사장으로 뛰어갔다. 고사장 자리 책상에 앉자마자 감독선생님이 들어왔으며 고사장 문은 굳게 닫히기 시작했다.

나는 그때 나를 태워준 그 오토바이를 탄 경찰 아저씨가 누구인지는 아직도 모른다. 그분에게 고맙다는 말 한마디도 못했다.

그 일에 대한 기억은 35년이 흐른 세월 속에서도 이따금 떠오른다. 그때에 그 작은 일이 잘못되어 어그러졌다면 나는 오늘의 내가 아닐지도 모른다. 어떤 이의 작은 일이 누군가에게는 운명을 바꾸는 일이 될 수 있다고 나는 아직도 믿고 있다.

낙동강

낙동강은 우리나라에서 압록강 다음으로 긴 강이라고 하는데 길이는 500㎞가 넘는다. 강원도 태백시에서 시작하여 안동, 대구, 부산을 시나 남해로 흐르는 강이다.

옛날 내륙지방을 연결하는 주요 교통로이며 구포, 삼랑진, 현풍, 왜관 등의 포구들이 발달하였다. 내가 나고 자라던 대구지방에는 낙동강의 한 지류인 금호강이 대구를 가로지르며 흐르고 있다.

어릴 적에는 강물이 어디서 시작하여 어디로 흘러가는지 참 궁금하기도 했다. 그 시절에는 집에서나 학교에서나 이런 질문에 시원스레 대답해주는 사람은 많이 없었다.

요즘처럼 컴퓨터나 인터넷에 들어가면 깨알처럼 많고 다양한 정보가 있는 것과는 근본이 달랐다. 자연현상에 약간의 호기심이 있었던 나는 언젠가 낙동강 탐험을 할 수 있으면 좋겠다 마음먹었다.

대학 시절 여름방학 때에 결국 그 호기심이 발동하였다. 고등학교 같은 반 동창이었던 두 명의 친구들과 함께 금호강과 낙동강을 탐험하기로 하였다.

학기 중에 틈틈이 모아둔 용돈으로 뗏목 재료를 사고 리어카를 빌려 이를 강어귀까지 실어 날랐다. 금호강이 흐르는 북구 검단동 아양교 아래의 둔치에 베이스캠프를 치고 뗏목을 만들기 시작했다.

세 사람이 탈 수 있는 크기로 만들어 못으로 우선 연결하고 그다음 노끈으로 서로를 단단히 묶었다. 해양대학교에 다니던 동창은 학교에서 배운 지식을 활용하여 주도적으로 뗏목건조에 앞장섰다.

뗏목을 만든 다음에는 부력시험을 하려고 물에 띄우니 조그마한 힘에도 배가 가라앉는다. 놀라기도 했고 불안하기도 했다. 부력을 높이기 위해 고민하면서 주위를 살피다가 버려진 지렁이 양식 비닐하우스를 발견하였다.

그 안에는 사용하다 만 스티로폼이 잔뜩 있었다. 우리는 그것을 블록처럼 만들어 뗏목 아래에 붙이고 버려진 그물망으로 뗏목과 하나로 감싸 묶었다.

결과는 성공적이었다. 장정 세 사람을 태우고도 튼튼하게 지탱해 주었다. 그 날 오후에 얼마간의 식량을 싣고 드디어 금호강에 우리의 뗏목을 띄웠다.

탐험의 희열이란 이런 것이 아닌가 하고 스스로 자축하면서 오염되어 냄새나던 그곳을 지나갔다.

뗏목 배는 만들었으나 노를 만들 생각은 못 했고 물살은 천정천이라 느리고도 느리게 흘렀다. 탐험 2일째가 되어 낙동강 본류에 도착했다. 관광 배에서는 사람들이 신기한 듯 우리를 쳐다보았다.

낙동강 하류의 '구포'가 목적지였는데 그곳에는 이미 그곳이 집인 대학 동기가 기다리고 있었다. 3일 뒤에는 방학이 끝나는 관계로 '현풍'도 못 가서 포기하고, 배를 버리고 집으로 돌아와야 했다.

낙동강 탐험의 교훈: 배를 만들 때는 노도 함께 만들어라. 멀리 있는 친구를 기다리게 하지 말라.

나를 일찍 떠난
동료

．
．
．
．
．
．
．
．
．
．
．
．
．
．
．
．
．
．
．
．

　나에게는 21살의 젊디젊은 나이에 나를 떠난 동료 한사람이 있다. 나보다 더 활기차고 명랑하게 지내던 사관생도 시절의 동료가 그이다.

　지난 몇 년 동안 한국을 떠나 미국에서 지내면서 잊고 있었던 이름이 그의 이름이다. 어느 한국방송에서 지나가듯 들려오는 한국전쟁 전사자 이야기에서 그의 이름이 투영되어 들린다. 잊고 있었던 그 동료와의 기억들이 하나둘씩 생각나기 시작했다.

　그는 지금 서울 동작동 국립묘지에 있다. 29열 얼마인가에 있는 그의 자리는 아직도 잘 있을 게다. 한국에서 지내던 시절에는 때를 맞추어 인사하러 가기도 했다.

　큰딸을 미국으로 혼자 조기유학 보내던 때에도 그에게로 가서 인사를 하게 했다. 큰딸은 미국에 공부하러 가는 기쁨으로 국립묘지 가는 것은 서비스 정도로 생각할 수 있었을 게다.

가을을 재촉하는 비가 내리는 저녁, 문밖에 나가 지붕 밑 의자에 앉아 따뜻한 커피 한 잔을 마신다. 그때는 내 나이 21살, 지금은 50살. 이제는 만남보다도 누군가를 또 무엇을 잊으며 떠나 보내는 일에 더 익숙해지는 때가 됐는지 모른다.

그런데 오늘은 가을비 아래에서 잊었던 동료에 대한 기억이 난다. 준비 없는 이별을 하면서 제대로 울어본 기억도 가물가물한 그때, 나를 일찍 떠난 동료.

그때 그의 고향은 경기도 파주군이었고, 부모님은 딸기밭을 하신다고 했다. 공수훈련을 잘 마치고 나면 고향에 함께 가서 딸기 먹자고 하던 그해 늦은 봄날 오전.

"예비낙하산 펴! 예비낙하산 펴!"

그 날 이후로 나는 그를 다시 볼 수가 없었다. 그가 동작동에 묻히는 그 날이 되어서도 나의 눈물은 그리 많지 않았다. 나는 그를 보내지 않으려 했던 것 같다. 그를 보낼 수가 없었다.

하지만 그는 나를 두고 먼저 그리고 멀리 떠나갔다. 그 동료는 나를 떠나면서 나의 삶을 조금 더 겸손하게 만들어 주는 고마운 도움을 주었다.

그 동료는 나를 떠나면서 내가 어렵고 힘들었던 시절을 지날 때 나에게 용기를 주었다. 그 동료는 나를 떠나면서 내가 사람들에게 조금 더 진실되게 언행하도록 배려해 주었다.

그 동료는 나를 떠나면서도 아직도 내가 그의 동료가 될 수 있도록 허락해 주고 있다. 한국을 가게 되면 인사할게. 친구여.

나의
커피 이야기

나는 커피를 즐겨 마신다. 젊어서 직장에서 일하는 동안에는 즐 겨 커피믹스를 먹었고 또 좋아하였다. 퇴근하여서는 고풍스러운 사이펀에서 우러나오는 원두커피를 자주 즐겼던 기억이 있다.

원두커피를 위해 사이펀과 알코올램프를 준비하는 시간은 하루 의 스트레스를 풀어주는 때이다. 볶은 원두 가루에서 따뜻한 커피 가 내려오고 이를 잔에 담아 마시는 동안 책과 음악을 함께한다.

나는 원두커피가 전해주는 고풍스러운 맛과 분위기를 특별히 좋 아했던 것 같다. 하지만 어느 순간에 커피믹스가 주는 색다른 맛도 알게 되었다. 발상의 전환인가 보다.

간혹 주변 사람들에게 이 새로움에 대해 말하기는 하지만 그 반 응은 그리 신통치 않을 때가 있다. 커피에는 여러 가지 향과 맛이 있지만 그중에서도 신맛과 쓴맛이 특별하게 섞여 있다.

커피 애호가들은 생산지에 따라 다른 특이한 맛들을 잘 느낄 수 있는 원두커피를 선호한다고 한다. 커피믹스는 확실치는 않으나 인스턴트 캔커피처럼 일본에서 처음 개발되었다고 한다.

커피에서 나는 신맛은 설탕으로 중화시키고 쓴맛은 커피 크림이나 우유로 중화시킨다. 이 때문에 설탕과 커피 크림이 함께 있는 커피믹스는 달콤하고 부드러운 커피 맛을 전해준다.

나에게는 커피믹스를 만드는 특별한 방법(?)이 있다. 이 때문에 커피믹스는 나를 커피 마시는 기계에서 커피 마시는 사람으로 만들어 주는 것 같다.

먼저 뜨거운 물을 커피잔에 담은 다음 커피믹스를 그 위에서 천천히 뿌리듯 넣는다. 그리고 이를 섞지 않고 20초 정도를 그냥 둔 후에 그대로 조금씩 마신다.

그렇게 만든 한 잔의 커피 속에는 여러 가지 종류의 맛들이 서로 다르게 나타난다. 천천히 마시는 한 잔의 커피에는 블랙커피, 프림커피, 커피믹스, 마지막으로 설탕커피가 모두 있다. 특히 일반적인 믹스커피에 많이 들어 있는 설탕 일부분이 녹지 않은 상태로 남게 되어 건강도 챙길 수 있다.

내가 만드는 커피믹스는 나의 인생과도 닮은 데가 있는 것 같다. 한 사람의 인생 속에는 희로애락과 같은 많은 종류의 인생 편린들이 스며있다. 그 편린들 앞에 서 있는 우리들 인생의 맛도 시절에 따라 달라질 것이다.

때로는 기쁘고, 때로는 슬프기도 하며, 때로는 애환과 근심으로 마음을 채우고 또 비우곤 한다. 내가 만든 커피믹스 한 잔이 주는 여러 종류의 맛들처럼….

쓴맛이 강한 블랙커피 다음에는 부드러운 프림커피가 기다리고 있듯이 나의 인생에도 힘든 시절이 있었던 것 같고 또 그 후에 왔던 가슴 뛰던 기쁜 시절노 있었던 것 같다. 나의 커피믹스 레시피, 내 인생의 레시피….

거리가
가장 먼 것

．
．
．
．
．
．
．
．
．
．

　내가 미국 박사과정 유학을 마치자 직장을 위해서 우리 가족은 곧바로 한국으로 귀국하였다. 그때가 10월이라 큰딸은 중학교 2학년 2학기로, 작은딸은 초등학교 4학년 2학기로 전학하였다.

　수년간의 미국생활로 인해서 두 딸은 대부분의 교과목에서 힘든 적응과정을 거쳐야 했다. 어른인 나와 아내도 한국문화에 적응하느라 한참 힘들었고 고달팠던 기억들이 아직도 남아 있다.

　작은딸에게 있었던 일이다. 하루는 학교에서 점수가 적혀진 시험지를 가지고 왔다. 작은딸은 아빠인 나에게 그 시험지를 부끄럽게 보여주긴 하였지만 의외로 당당하기까지 하였다.

　작은딸이 나에게 말했다.

　"아빠, 내가 문제 몇 개를 틀렸는데 나는 왜 틀렸는지 모르겠어요."

그 문제들은 모두 '다음 중 ○○에 대한 것 중에서 거리가 가장 먼 것은?'이라는 문제였다. 작은딸은 모든 답을 4번이라고 적었다. 4번이 거리가 가장 먼 것이기 때문이라 하였다.

그 날 저녁 나는 동네 호프집에서 아내와 같이 야식을 먹으면서 얼마나 웃었는지 모른다. 거리가 가장 먼 것은 4번.

나의 큰딸에게도 이에 못지않은 한국생활 적응 체험기가 있다. 우리나라 국보 제1호는 남대문. 미국에서 한국으로 전학 온 지 2주 만에 중간고사를 보았다.

큰딸은 미국서 공부를 곧잘 하는 데다가 욕심 같은 것이 있어서 무엇이든지 열심히 하는 스타일이다. 우리나라 국보 제1호는 남대문. 우리나라 국보 제1호는 남대문.

중간고사를 마치고 돌아온 큰딸은 집 문을 열자마자 얼굴이 붉으락푸르락하더니 방으로 뛰쳐 간다. 자초지종을 들어보니 시험에 나온 문제 때문이라고 한다.

"우리나라 국보 제1호인 남대문의 다른 이름은?"

"…"

큰딸은 밤을 새우면서까지 공부를 하였다. 우리나라 국보 제1호는 '남대문'이라고….

그러던 큰딸은 대학원을 졸업하고 박사가 되었고 작은딸은 내년이면 대학을 졸업한다. 인생은 세월이 만들어 주는 길을 그냥 지나가는 것이 아니라 어떤 흔적을 남기는 것이 아닐까 한다.

세월은 우리 가족에게 이렇게 말하는 것 같다.

"힘들었고 부끄러웠던 흔적을 웃음이 있는 추억으로 만드는 인생이 스토리가 있는 인생이란다."

갱년기

. . . .

　나이 50세를 갓 넘긴 나와 아내는 요즈음 이른바 '갱년기' 현상을 서로 겪고 있는 것 같다. 책에서 혹은 인터넷에서 보고 들었을 땐 그서 남 일인가 싶었는데 어느새 우리 앞에 와 있다.

　아내의 감정 기복이 잦아진 것을 내가 느낄 수 있으며, 말할 때는 예전과 다르게 큰소리를 지른다. 나는 기력이 예전만 못하고 쉬 피로해지며, 쪽잠을 자고 싶은 마음이 낮 동안에 한두 번 나타난다. 딸들도 집을 떠나고 아내와 단둘이 있으니 갱년기 증상이 정신적으로 더욱 명확해지는 것 같다.

　여성갱년기는 50세를 전후해서 여성호르몬인 에스트로겐 분비가 저하되면서 생긴다고 한다. 남자도 갱년기가 있다고 하는데 많은 경우 이를 자각하지 못하고 지나치기도 한다고 한다.

　여자는 안면홍조, 체중증가, 복부비만 등의 현상과 함께 감정 기복, 우울증 등이 자주 나타나고, 남자는 근력, 지구력이 떨어지고 피곤함을 자주 느끼며 삶의 의욕이 전보다 떨어진다고 한다.

나와 아내는 갱년기를 맞이한 것이 거의 확실하다. 딸들도 집에 없으니 그 느낌은 더욱 큰 것 같다. 미국에서 생활하니 한국말 하면서 마음이 서로 통하는 이웃과 친구들을 만나기도 쉽지 않다.

마음에 맞는 친구들이 있어도 서로들 직장이 있어서 갱년기 치료목적(?)의 만남은 거의 어렵다. 한국 같았으면 그동안의 다져진 사회활동으로 인해 갱년기를 충분히 잊으며 살 수 있었을 것이다. 외로운 미국생활이다.

그래서 내가 스스로 나서기로 마음먹고 있다. 아내와 함께 운동하는 시간, 식사하는 시간 그리고 여가활동을 하는 시간을 꼭 가지려고 한다.

미국생활을 본격적으로 하기 시작한 3년 전부터 이를 마음에 두었으나 실천하지는 못하고 있다. 어쩌면 한국에서 생활하였더라도 이 세 가지를 실천하게 되면 이상적인 중년 부부가 될 것이다.

집에서 10여 분을 차를 타고 가면 도시에서는 보기 드문 나무숲 속의 산책로가 있는 공원이 나온다. 근처에서 도넛 가게를 하는 교포분에게서 얻은 정보이다.

아내와 몇 번 인가 아침에 산책하였는데 정말 좋았다. 산책하면서 하는 대화에는 '긍정'이 많다.

지난 몇 달 전부터 집안 식단은 갱년기에 좋다는 메뉴로 바뀐 상태이다. 처음엔 입맛이 맞지 않아 약간 불편하였는데 지금은 오히려 미각을 돋구는 메뉴임을 느낀다. 건강식단을 아내와 함께하고 있어서 참 기쁜 것이 사실이다.

아내와 운동이나 여가활동을 같이 하고 싶은 마음은 꿀떡보다 더하지만 실제로는 못하고 있다. 아내는 골프 티칭프로인데 한국에 있을 때는 대학교에서 골프강사로 지낸 적도 있다.

나는 5, 6년 전에 아내에게서 골프를 조금 배워둔 것이 있다. 언제인지 모르지만 아내와 함께하는 운동은 골프가 될 것 같다. 우리 부무에게 갱년기가 와있다.

세월 그리고
기타 하나

　지난 주말은 나의 생일이었다. 이제 내 나이 50세의 문턱을 넘게 되었다. 이번에 맞은 나의 생일은 예전과 조금 다르면서 특별한 감정으로 다가온다. 나이 50세. 가족의 이름으로 지금껏 자리를 지켜준 내 아내와 자식들에게도 별스런 고마움이 생기는 것 같다.

　아내는 나보다 키가 크다. 결혼식을 가까이 두고서야 나보다 키가 무려 4㎝가 더 큰 것을 알았다. 소극적이고 신중한 나의 성격에 반하여 아내는 외향적이며 긍정적인데 지금껏 변함이 거의 없다. 큰 키값이 아닌가 여긴다. 많이 고마운 일이다. 세월이 이쯤 되면 지겨워서 변할 만도 할 텐데…

　손에 보듬기도 겁이 났던 자식들도 성장하여 이제는 신체적으로 정신적으로 눈높이를 같이 한다. 그들이 스스로의 인생을 생각하고 꾸려나갈 수 있게 된 것을 보면서 대견하기도, 고맙기도 하다.

내년이 되면 모두 집을 떠나 독립을 시작할 것이다. 생활독립을 시작으로 경제독립 그리고 사회독립을 위해 준비하고 실천하려는 노력이 고맙다.

오늘 아침에 아내가 소포를 하나 받았다. 열어서 확인해 보니 기타 하나기 있었다. 사세히 보니 딸들이 보낸 나를 위한 생일선물이었다.

'아빠에게 주는 생일선물: 기타 하나'

어릴 적에 음악과 기타를 좋아하던 기억이 물밀듯 일어난다. 직장을 가지고 일하면서, 결혼하여 가정을 꾸리면서 썰물처럼 빠져버린 추억 속의 기타와 음악.

몇 해 전인가 미국으로 직장을 옮기기 전 가족들과의 여행 중에 들렀던 한 음악카페도 생각난다. 그곳의 주인장은 내가 기타와 피아노를 연주할 수 있도록 배려해 주었다.

그 주인장은 한때 유명했던 듀엣 가수 중 한 사람이라고 하였다. 지난 세월 속에 묻혀 버린 '음악에 새겼던 어릴 적 흔적'이 오늘 내가 받은 생일선물로 되살아난다.

오늘 퇴근하면 그 기타를 연주해볼 것이다. 그동안 손가락이 많이 굳어져서 소리가 제대로 날지 모르겠다. 나이 50세에 가족들에게서 받은 생일선물은 기타 하나. 그 기타로 어떤 노래를 연주해볼까?

비밀의
정원

:

아내가 회사 출장으로 집을 떠난 지 십여 일이 넘어가고 있다. 그러고 보니 나는 결혼한 지 처음으로 이렇게 장기간(?) 집에서 혼자 지내며 생활하는 것 같다. 이전에는 내가 하루의 일을 마치고 올 때면 언제나 아내와 아이들이 나를 맞이해 주었다.

혼자 집을 지키며 생활하고 있다. 처음 삼일은 기쁘고 편안하게 지낸 것 같다. 결혼 전의 총각 시절을 떠올리며 운동하고, 책보며, 노래 부르고 또 한가한 게으름도 피웠다. 25년 만에 다시 가져보는 혼자만의 여유로움이 좋았던지 시간 가는 것이 아까울 정도였다.

묵언 수행을 하였다. 자못 경건함도 갖추고 미소도 지으며 지냈다. 평안함이 병풍처럼 집안을 휘감은 느낌이다. 아마도 이런 여유로움이 바로 수행을 하는 종교인들의 맑은 마음이 아닐까 싶기도 하다.

　비록 집에 있지만 고적한 산사의 고당 같고 수도원의 기도실 같은 고요함이 흐른다. 탁자에 앉아 따뜻한 커피 한 잔과 조용한 음악이라도 함께할 때면 그러한 정감이 더 커진다.

　그러나 그 묵언 수행은 삼 일을 넘기지 못하였다. 며칠이 지났을까 몸과 마음에는 그 기뻤던 생기가 조금씩 떨어지는 것 같다.

　식욕은 줄어들고 달력을 보는 눈길이 점점 짧아신다. 뜻하기 않은 묵언 수행을 하면서 한편으로 무언가를 발견하게 되었다. 아내의 빈자리.

　아내의 빈자리 중앙에는 아내가 만들어 놓은 비밀의 정원이 있다. 그 비밀의 정원에는 사람 꽃이 있고, 사랑의 향기가 있으며, 따뜻한 마음이 있고 또 정겨운 이야기가 있다.

　삼일을 못 넘긴 묵언 수행을 하다 보니 그 덕분에 나는 아내의 비밀의 정원을 발견하게 된 것이다. 아내의 잔소리, 투정, 핀잔은 알고 보니 정원을 흐르는 생수이고 청량제인 것을 알게 되었다.

　아내는 출장을 마치고 삼일 뒤에 온다. 문득 내가 나에게 묻는다.

　"나는 아내의 마음에 남편의 비밀스러운 정원을 만들어 두었을까? 아니면 '황혼의 사각 링'이 만들어지고 있을까?"

집안
청소

나이 50세가 지나면서 책임감을 가지고 시작하게 된 집안 청소가 이제는 제법 익숙해졌다. 지금껏 집안 청소는 아내의 임무라고 생각했고 또 별로 중요한 것으로 생각하지도 않았다.

미국에 와서 아내가 직장 일을 하면서 자연스럽게 집안일을 서로 나누어 하게 되었다. 내가 분담한 일들 중에 하나가 바로 집안 청소를 하는 것이다.

토요일 오후.

작은 일식레스토랑 요리사인 아내는 오전부터 일하러 나갔고, 큰딸은 새벽에 들어와 잠시 눈을 붙이더니 정오쯤에 다시 친구를 만나러 나갔다.

막내인 작은딸은 아침 일찍부터 동네 헬스장에서 친구와 함께 운동한 후에, 지금은 다른 친구들과 함께 백화점 쇼핑 중이다.

이제는 내가 집안 청소를 할 때이다. 잡다한 물건들을 제자리로 혹은 다시 정리한 후에 진공청소기로 모든 바닥의 먼지를 청소한다.

그 뒤로 물걸레질을 깨끗이 한 다음에는 부엌 설거지로 마무리한다. 그동안에 집안 공기는 깨끗이 교체되고 또 그만큼 나의 마음도 깨끗해진다. 집안 청소는 이제 내가 잘할 수 있는 일들 중에 하나로 바뀌게 된 것이 확실하다.

토요일 오후에 집안 청소를 즐겁게 하기 위해서는 몇 가지 전제조건이 있다. 오전에 연구실에서 한 주간의 일을 마무리하는 것이다.

한 주간 진행한 일들을 정리한 후에 다음 한 주간의 계획을 세우는 것인데 약 두세 시간이 걸린다. 다음은 점심 식사를 든든하게 하는 것이다.

이를 위하여 자주 특식(?)을 만들어 먹는다. 라면, 호떡, 어묵, 떡볶이 등. 건강에는 그리 좋지 않아서 아내가 자주 해주지 않으니 내가 이때를 기회 삼아 자주 즐겨 먹는다.

오후 3시쯤에 청소를 시작하면 오후 5시쯤에 끝난다. 아직은 속도전에 약한 것 같다. 집안 청소를 하면서 내 마음의 청소도 같이 한다. 집안 청소가 나에게 주는 혜택은 몇 가지가 더 있다.

첫째는 가족의 건강을 내 스스로 일정 부분 지켜줄 수 있다는 믿음이 있고,

둘째는 청소 후에 얼마 동안 나에게 주어지는 혼자만의 여유 시간이 있다. 커피 한 잔을 만들어 마시면서 음악을 가까이하기도 하고,

100차선 희망

책도 읽으며, 어떨 땐 오늘처럼 마음 가는 대로 글을 쓰기도 한다.

세월이 흘러간 후에는 딸들도 집을 떠나고, 내 몸도 병약하여 더이상 집안 청소를 못 할지 모른다. 지금 집안 청소를 하고 있는 내가 나에게 이렇게 말해 본다.

"지금이 좋은 기라…."

잔디
관리

:
:
:
:
:
:
:
:
:

    댈러스지역에 정착하기로 마음먹고 새로 짓는 집을 구입했는데 거기에는 작은 정원이 딸려 있다. 새로 지어 입주한 주택은 1층으로 되어 있으며 앞뒤로 30평 남짓한 잔디정원이 각각 있다.

    평생 처음 가져본 잔디정원이라 입주할 무렵에는 어디에도 비길 바 없이 기쁘고 좋았다. 그러나 시간이 지나면서 기쁨보다는 정원 관리에 대한 부담감과 책임감이 자연스레 생겼다. 하지만 내 집이라 생각하니 즐거운 마음으로 정원을 가꾸려고 하는 마음 또한 생기게 된다.

    집에 딸린 정원의 역사는 오래되었으며 또한 지리적으로 문화적으로 다양한 차이가 있다고 한다. 정원은 일반적으로 실외에 조성해 놓은 공간을 말하는데 자연적일 수도 있고 인공적일 수도 있다.

동양에서는 정신적인 휴식을 목적으로 꽃, 풀, 나무, 돌, 연못 등을 사용하여 정원을 만들었고, 서양에서는 적의 침략에 대비하여 담장과 함께 채소와 과수목을 심어 재배했다고 한다. 르네상스 시대에는 부호들이 예술적, 심미적 효과를 더하여 부의 상징으로 정원을 만들었다 한다.

근대 도시주택에서는 자연을 가까이하고, 기능적, 예술적 특징도 함께 가진 정원을 꾸미게 되었다. 고대와 중세에서는 이집트의 정원, 바빌론의 정원, 중세의 정원, 이슬람 정원들이 대표적이고, 근대에서는 스페인, 이탈리아, 프랑스, 영국, 중국 등에서 차별화된 정원형태를 볼 수 있다.

나의 집에는 그 역사적인 것들과는 전혀 상관없는 그저 30평 남짓한 2개의 잔디정원이 있다. 대저택 정원에 비하면 보잘것없지만, 아파트에 사는 사람들에게는 꿈같은 정원일 수도 있다.

지금껏 처음 가져보는 이 정원의 마음으로 보는 크기는 나의 세상만큼이나 크고 귀하다. 빽빽하게 깔린 잔디띠도 있고, 사람을 무는 불개미도 있고, 나무도 있고, 말벌도 가끔씩 날아든다.

어떤 정원을 꾸밀까 하고 인터넷을 이리 찾고 저리 확인해 보아도 선뜻 세부계획을 세우지 못한다. 내가 무경험, 무자격 정원사인 데다가 소심한 성격 탓에 결국 정원에는 아무 일도 일어나지 않았다.

다만 나를 대신하여 스프링클러만이 나를 비웃듯이 때를 맞추어 연신 물을 뿜어 댄다. 어느 나라의 속담에 무능한 사람은 무모한 사람보다 나쁘다고 했던가. 새집에서 꿈에 그리던 정원을 얻었으나 이 때문에 아무 일도 못 하는 무능한 사람임이 확인되었다.

나의 지인들은 이참에 나에게 정원관리법을 교육하고, 훈수하며 별스러운 정보까지 알려주고 있다. 주위들은 얘기들만 정리하여도 노트 열 쪽은 될 것 같다. 그래도 막상 무언가를 하려고 하면 걱정이 앞선다.

이참에 처음 얻은 집의 잔디정원을 위하여 무모한 사람이라도 되어야겠다. 먼저 잔디 깎는 법을 알아보고 배우자, 다음은 붉개미를 없애는 방법을 알아보자.

꽃나무 가지 치는 법도 배우고 흙에 거름과 영양분을 더해주는 방법도 알아보자. 더운 여름날, 뙤약볕 아래에서 땀 흘리는 방법은 자연스레 터득할 것으로 보인다.